非道に生きる

用电影
燃尽欲望

[日] 园子温 著

余梦娇 译

北京联合出版公司

雅众文化 出品

目 录

前 言   1

第一章 向着电影助跑的青春

想和英格丽·褒曼结婚   7

私密部位暴露实验   12

从没想过会去搞电影   15

17岁上东京，突然触到性与死   18

学校劣等生，诗歌优等生   21

穿牛仔裤的朔太郎   25

为了吃上饭加入宗教和左翼团体   28

园子温就是我！！   32

以得奖为目标拍片   36

制作超前卫AV被开除   39

独立电影的光与影   43

内容无所谓，关键是引人注目！   47

堂堂正正从"泊林"到"柏林"   52

第二章　站上主流舞台之前的战术

属于独立电影的战术　　　　　　　　　　　59

像游击队一样占领东京街道　　　　　　　63

无意义、无目的、无宗教的运动　　　　66

超越了游击与摆拍界限的电影　　　　　68

电影，与目之所及的一切为敌　　　　　72

将欲望在电影中燃尽即可　　　　　　　75

在新宿站拍摄54名女子高中生集体自杀　78

在好莱坞让电影大卖很有趣　　　　　　82

拍恐怖电影就要以超辣咖喱为目标　　　86

在好莱坞学到的电影法则　　　　　　　88

以纯粹的变态为主人公制作纯爱故事　　91

比起未来的杰作，更重视与未来相连的现在　95

扔掉演员过去的"抽屉"　　　　　　　　98

从被委托的部分中孕育出新鲜的元素　　102

第三章　电影是令人觉醒的快乐

"血缘"才能造就最强的戏剧性　　107

不要开成特别的花，而要开成特殊的花　　111

毫不犹豫地跨过"纪实"　　114

超越共感完全变身为当事人　　118

在觉醒中令人享受的电影　　122

在地震后描绘出真实的青春　　125

拍摄灾区的觉悟和意义　　129

并不是战胜了绝望，而是输给了希望　　131

用电影杀入核电站这个禁区　　135

不要给想象力插上翅膀　　140

倾听从另一种现实中传来的声音　　143

一个可能没有核电站的世界　　145

第四章　追逐着伟大去生存

　　日本电影衰败的原因　　　　　　　　151

　　出征国外的电影　　　　　　　　　　154

　　想摧毁电影的形态　　　　　　　　　157

　　用个体判断集中突破时代　　　　　　160

　　用极端的电影决一胜负　　　　　　　163

　　如果时代没有色彩，那就不需要战术　166

　　"量大于质"是撒手锏　　　　　　　　168

　　不能落后于"伟大"　　　　　　　　　170

　　追求自己觉得有趣的事　　　　　　　173

　　自己就是自己的关系人　　　　　　　176

后　记　　　　　　　　　　　　　　　　179

附　录　园子温电影年表　　　　　　　182

前言

最近,很多人在谈论"园子温的电影到底怎么样"这个新话题。

昨天,我只是拍摄结束后顺道去喝一杯,都能在小酒馆听到有人坐在里座聊这件事。

"怎么说呢,在我们这种正经影迷眼里,园子温的电影还是不行。"

我忍不住窃笑,正合我意。这个夜晚,我又获得了一点"生存燃料",这种发言如我所料。我那堪比军火库的心脏,滋啦滋啦冒出了火药的味道。我心里想的只有"好样的,明天继续拍"。

如果"电影"也有语法这种玩意儿,那就直接撕碎。如果撕碎之后还有类似"电影性"的东西潜藏在自己的身体内部，那就继续撕碎。如果电影堕落成芭蕾、歌舞伎、能乐、日本画这种传统艺术，那更要毫不犹豫地抛弃。我是一直以这样的态度去拍电影的。

"贯彻电影的邪道、电影的左道"，这既是我的态度，也是我的人生。仔细想想，我从生下来就脾气怪异、性情乖张，一直朝着世俗的反面前进。世俗也朝着我的反面前进。这在今后也不会改变吧。我就是要拍摄那种被人讨厌、被人说"根本不是电影"的电影。

我会遵循从小就被贴上的标签——"废物"，携带着压倒性的憎恶去生存。这就是我的"生存能量"，如果没有"这算什么"的精神，我也不会活到现在。哪怕世界三番五次带给我骨折般的痛感，我也会一直感谢它。同时，我也带着最大的恶意，伺机向这家伙"报恩"。

如果整天想着好好守护自己的才能之类的，那只会变成无聊的导演。只有在掉进下水道、豪饮一番污水、被嘲笑连才能的碎屑都没有的境况下，才会激发出火焰般的"干劲"，才会涌现出让人目眩神迷的"憎恨"。我只想活在那个"瞬间"。

将牙齿咬到充血、向老天回以狰狞的笑、狠狠说上一句"走着瞧"，能做到这样，就证明了能为"瞬间"而活。正因爆发于瞬间，能量才会惊人。"瞬间"对我来说，已经变为每天的日常。

  向着日影投下的多彩条纹
  一望无际的头颅排成队列
  行着跪拜之礼的群氓之中
  只有一张轻蔑的脸
  只有一人面朝对立的方向
  只有我
  是厌恶海狗的海狗
  但海狗终究不过是海狗
  不过是
  "面朝对立方向的
  海狗"

       ——摘自金子光晴《海狗》[1]

---

[1] 《海狗》：诗人金子光晴（1895—1975）于1937年发表于杂志《文学案内》的诗歌作品，原名"おっとせい"，后收录于他的著名诗集《鲛》中。本诗将世人比喻为"海狗"，旨在讽刺大众的愚昧、盲从。

第一章

向着电影助跑的青春

想和英格丽·褒曼[1]结婚

我出生于爱知县丰川市。这里是东京赤坂"丰川稻荷[2]"的本尊所在地。因为父母都是老师,所以我算是在典型的地方知识分子家庭长大成人。名字中的"园"(sono)字,既找不到和地域传统的联系,也不知道由来何处。但是祭拜祖坟的时候,我发现周围都是和尚的墓碑。听说我

---

1 英格丽·褒曼(Ingrid Bergman, 1915—1982):瑞典国宝级电影演员,曾获三座奥斯卡金像奖(两座奥斯卡最佳女主角奖及一座奥斯卡最佳女配角奖)。1999年,美国电影学会将她选为百年来最伟大的女演员第四名,2015年在她百岁冥诞之际,第68届戛纳电影节海报主视觉,以她的清爽笑容作为缅怀。

2 稻荷:日本神话中谷物、食物之神的总称,日本人将狐狸视为稻荷神的使者。稻荷神一般被认为是神道信仰,供奉在神社,但作者故乡的"丰川稻荷"则是比较特别的佛教寺庙供奉稻荷神的例子,因此拥有知名度。本山为曹洞宗寺庙妙严寺,位于东京赤坂的别院也属曹洞宗寺庙。

们是江户时代的和尚和尼姑私奔恋爱后孕育的家族。那我岂不是拥有心性无比热烈的祖先吗？

"子温"（shion）是我的真名。父亲叫"音巳"，取"音"的同音字"温"[1]，再加上"孩子"的"子"，就是我的名字了。妹妹的名字是"路果"[2]，我的电影里经常有十字架、圣母玛利亚像登场，所以人们总觉得我生活在基督教家庭。但"应该"是没这回事。我之所以说"应该"，是因为父母其实不常说起"园家"的细节。只说100年前，园家拥有一栋和欧式水晶吊灯非常搭调的西洋别墅。因为从事制丝业，所以家业丰厚，但是一场大火后，就变成了现在这样。还说小时候家里有女仆。看市川昆[3]导演的《犬神家族》（犬神家の一族，1976。本书中所记电影年份皆为上映时间）时，我就觉得和自己家很像。总之，"园家"对我来说，有很多神秘难解的地方。

我小时候特别痴迷耶稣基督，会像看手冢治虫的漫画、江户川乱步的小说那样，读《圣经》以及各种基督教文献。老家简直像图书馆一样放满了翻译书。当时我几乎不读日

---

[1] 在日语中，"音"和"温"都有"おん"（on）的发音。
[2] 路果：日语中，《圣经》中的使徒"路加"也取近似发音。
[3] 市川昆（1915—2008）：日本电影导演，动画、人偶剧制作者。导演作品中有很多对文学作品的精彩改编，代表作有《炎上》（1958）、《键》（1959）、《雪之丞变化》（1963）等。

本小说，看遍了莎士比亚、陀思妥耶夫斯基、亨利·米勒这样的外国作家。

电影也看了很多，同样全是外国片。看了英格玛·伯格曼[1]一系列有关宗教的作品、好莱坞电影《十诫》(*The Ten Commandments*，1956)、法国电影《圣女贞德的审判》(*Procès de Jeanne d'Arc*，1962)后，自己已经在不知不觉间完全沉浸于电影、小说、古典音乐构建起的"基督风暴"之中。渐渐地，我很自然地对基督教产生了兴趣。

也许是觉得乡下生活闭塞、无聊，我完全耽溺在外国电影、翻译小说之中。小学三年级时，我整天都在看20世纪60年代之前的美国电影，完全是个早熟的小孩。当时居然有一个类似"洋画剧场"的节目会放映美国、法国、意大利的黑白老电影，还在晚上九点之后堂而皇之地放一些带有反社会色彩的独特作品。

比如代表性的《雌雄大盗》(*Bonnie and Clyde*，1967)和《逍遥骑士》(*Easy Rider*，1969)。不仅能在电视上看到这些，还能看到英国B级怪奇片（主要是汉默电影制片

---

1 英格玛·伯格曼（Ingmar Bergman，1918—2007）：瑞典电影、戏剧导演，被誉为世界影坛最伟大、最有影响力的电影人之一。他一生执导过超过60部电影，主题多涉及宗教、人性以及人类的尊严，风格冷峻、忧郁而绝望。代表作有《第七封印》(1957)、《野草莓》(1957)、《假面》(1966)等。

厂[1]的作品)、好莱坞黑帮电影[2](主要是詹姆斯·卡格尼[3]等主演的一些黑白黑帮电影),以及弗朗索瓦·特吕弗[4]的《华氏451》(*Fahrenheit 451*,1966)、《黑衣新娘》(*La mariée était en noir*,1968)、朱利安·杜维威尔的《逃犯贝贝》(*Pépé le Moko*,1937)等法国老电影。总之各种电影在家里就能随意看到。

这些作品的导演、演员,甚至制片人、编剧,我都会记在笔记本上,可谓整日沉浸在电影中。小学六年级的毕业纪念册里,同班同学基本都在"尊敬的人"一栏填了"父母",结果我因为写了"英格丽·褒曼"而招来一众反感。顺便说一句,我当时真的在认真考虑要和英格丽结婚,一边盯着她在《卡萨布兰卡》(*Casablanca*,1942)里的剧照,

---

1 汉默电影制片厂(Hammer Film Productions):成立于1948年的英国电影公司。以制作恐怖电影为人所知,至20世纪70年代中期已停止制作电影。
2 黑帮电影(gangster films):一种电影类型,也译作帮派电影,是与组织犯罪有关的犯罪电影的次类型。起源于19世纪中叶以后社会急遽贫富分化衍生出的黑帮争斗故事,有时特指黑手党。
3 詹姆斯·卡格尼(James Cagney,1899—1986):美国舞台剧、电影演员和舞蹈家,在电影方面有着大的影响力。他最著名的形象是电影《国民公敌》(1931)、《出租车!》(1932)、《一世之雄》(1938)和《警匪喋血战》(1949)中的多面硬汉。1999年,美国电影学会将他选为百年来最伟大的男演员第八位。
4 弗朗索瓦·特吕弗(François Truffaut,1932—1984):法国著名导演,法国新浪潮的代表之一,"作者电影"的提倡者。

一边幻想发明出返老还童药水后和她结婚。因为实在无法排遣这种憋闷,我还在操场上写下"英格丽·褒曼"的名字,结果被老师狂揍。

当时也会去街上的电影院看"哥斯拉"和"卡美拉"这种"儿童电影",不过只是为了和同学有话题聊罢了。因为我从小学低年级开始,喜欢的演员就已经是让·迦本(Jean Gabin)、阿兰·德龙(Alain Delon)、理查德·威德马克(Richard Widmark)、保罗·纽曼(Paul Newman)、约翰·韦恩(John Wayne)、迪恩·马丁(Dean Martin)、鲍勃·霍普(Bob Hope)、丽莲·吉许(Lillian Gish)、索菲娅·罗兰(Sophia Loren)了,导演则是阿瑟·佩恩(Arthur Penn)、维托里奥·德西卡(Vittorio De Sica)、威廉·惠勒(William Wyler)。

我对照着片单,不管是美国电影还是法国电影,很快就把"100部必看电影"看遍,所以"电影笔记"做了好几本,现在也都留着。我记得当时还逃课偷偷去看下午两点场的阿瑟·佩恩作品《左手持枪》(*The Left Handed Gun*,1958)之类的。

私密部位暴露实验

我对学校一点好感都没有。小学、初中、高中，没有一次入学典礼不迟到。尤其讨厌"起立、行礼、请坐"这个口令，小学一年级就恶作剧式地大喊"为什么非站起来不可，请解释一下"，当然又被老师讨厌了。总之是个问题学生。还整天和同学打架，老师一天要揍我好几顿。最终，整个小学期间，我都坚持对"起立、行礼、请坐"采取无视态度。我近乎本能地讨厌和别人一样，不断闹着别扭。

还有一天，我突然觉得"凭什么非得穿着衣服去学校啊？我要做个实验！"，于是就真的以"遛鸟状态"进了教室。如果在家就保持裸体，计划肯定会暴露，所以我是在途中脱掉衣服才进的校门。当然又引来暴怒，但我居然抱着"那这次就只露出小鸡鸡进教室"的打算准备再挑战一次。老师一直在旁边监督，最后还警告我"全都穿起来"，但我决心已定，所以就在上课时把那东西掏了出来。结果同桌的女孩子立马就告状："老师，园君把小鸡鸡露出来了。"然后我就在老师边说着"园，你又来了"边准备走近查看的时候，立马把课本卷成筒状包住……

其实我根本没有什么高深的意图，只是很喜欢捉弄众人。脸也好，手也好，都能正常地露出来，为什么单单看到性器官外露，众人就要这么慌张。人们的这种反应太有趣了。也因为这种想法，小学期间我都是参加记者站和广播站这些从某种意义上来说践行着"暴露行为"的社团。我觉得做蠢事，能唤醒众人。

刚知道"Sex"这个词的小学二年级，我就进行了一场"重大发表"。在校报的号外栏目写了"有一样东西，是可以应对一切科目、一切问题的完美答案""那就是Sex"这样的报道。拜这篇报道所赐，学校的各类课堂都出现了大麻烦。

"2×2等于?"老师一问出口，教室里所有的学生就唰的一下举起手。"哇，大家今天比以往都积极啊。看来有好好学习了"，老师说着叫起一位同学。结果对方自信地回答"Sex！"。接着，所有学生都此起彼伏地喊着"Sex"。老师脸红着又被气疯了，我也被父母狠狠教训了一通。

那时每周一，如果下雨的话，我作为广播站成员就要负责在直播间内直播校长的晨间讲话。按理来说，当然要拍校长的脸，但我全程只拍屁股。这又引起了大问题。虽然我也觉得自己是个没救的家伙，但当时的学校生活就是每小时都要被老师殴打一次的地狱。我确实认真考虑过自杀的问题。

　　但我从来没想过收手，相反，总是想着"下次要再疯狂一些"来给自己的好胜心打气。之后我开始在校报上连载《欲女手记》——小学生描写的团地妻[1]的凌乱生活。当然是遭到了"禁止刊发"的处分，但我用走廊里的招贴报，在一张正经报纸下藏着一则色情描写。不过最后还是在感冒请假时，因被人告密而被迫停刊了。

---

[1] 团地妻："团地"是战后日本发展出来的一种集中住房区域，相当于中国的小区。"团地妻"则指丈夫外出上班，而经常白天一个人在这里生活的女性。因为"团地妻"已经在日本的大众文化、官能类型作品中发展为惯用词，故此处沿用日语。

从没想过会去搞电影

虽然学校在我的家庭报告表上写着"在性方面表现异常",但我完全没有任何性倒错问题,我只是好奇心比较强而已。亲戚们都说:"子温将来肯定要没饭吃当流浪汉。"坦白说,我自己也觉得未来一片黑暗。

我反省了小学时代的修罗地狱生活,中学时向稳重、冷静的方向转变了一些,也不想着自杀了。其实心情类似于"人生嘛,不过就是不知什么时候会被遗忘的玩具"。不知道是不是因为穿上了制服,总之开始认真学习了。如果按当时的节奏坚持下去,我大概会拥有完全不同的人生,但是……

我又开始看电影了。当时是《大白鲨》(*Jaws*,1975)和《驱魔人》(*The Exorcist*,1973)的时代。放学后,同学们会玩"鲨鱼扮演游戏",用竹条和纸糊出鲨鱼道具,再从桌子模拟出的"船"上用扫帚做辅助杆"玩耍"(猜拳赢了的人扮罗伯特·肖演的角色,输了的人扮鲨鱼,输到最后的人则是罗伊·沙伊德尔)。每天泡澡时也带着红色的画画工具、人偶、鲨鱼玩具,假装鲨鱼咬到了人偶,洒出红色颜料。整个浴缸都会染得赤红。看《驱魔人》的时候,我把录音机带进电影院,录下声音,以声音为蓝本再现了分镜,并自己画了漫画。当时真的喜欢到这样的程度。

《教父》(*The Godfather*,1972)、《大时代》(*The Valachi Papers*,1972)、《教父之祖》(*Lucky Luciano*,1973)这样的黑手党题材电影我也很喜欢,会和同学们在教室里上演枪战。为了让枪战更好玩,我们会把教室装扮成赌场,用木质机关枪扫射一通,立马纸牌乱飞、桌椅倾倒。我特别喜欢胡乱泼洒水和颜料做成的"血",还会把颜料注入人偶,再用缝纫机让它全身黏糊糊地溢满"鲜血"。(多说一句,当时乡下电影院会轮播一日三部放映计划中所有影片的预告片,我还记得自己特别开心能看到《我好奇之黄》这样的北欧情色电影的预告片。)

当时我真的完全没有想过要干电影这一行。我最讨厌运动会、文化祭这样的集体活动,觉得把一群人集合在一起的做法很无聊。我当时觉得自己还是适合漫画家、小说家这种一个人完成的以案头工作为主的职业。不过万幸的是，比起已经有了手冢治虫、披头士这种备受尊敬的人物的领域，电影还没有那么发达。我想正因为电影领域尚未诞生那种万众瞩目的人物，我才能在这条路上满不在乎地冒险吧。

17岁上东京，突然触到性与死

17岁的时候，我离家出走了。所以，我的电影《纪子的餐桌》（纪子の食卓，2006）开头，吹石一惠扮演的主人公纪子离家出走来到东京的剧情设计，完全是我自己的经历。比起不断跌入现实的泥沼，身为处男的自己想快点成为大人。我相信自己一到东京，就会非常戏剧性地遭遇各种不得了的事件而成为大人，也就是说，我相信有某种"寺山修司式的东西"在等待着自己，所以才从故乡一跃而出。

结果，还真的遭遇了。不知道为什么，初次踏足的东京站一片萧杀的风景，就像被夜晚的黑暗包裹着的寺庙。我完全不知道去哪里，就从包里拿出白色的吉他，在车站前胡乱地弹了起来。这时，一名女子走近了。虽然不是很可爱，但她出声问我："附近有24小时餐厅吗？"我的脑袋自动把这句话理解成了"要不要跟我一起去宾馆？"，于是回她："宾馆的话，那边倒是有，一起去吧。"两个人真的去了。

东京这地方果然不得了。我带着"刚一到达就能结束处男身"的兴奋，在宾馆前台颤抖着写下了假造的名字。(《纪子的餐桌》中，纪子在最初留宿的宾馆写下"Michiko"这个假名字时也不停手抖。)那名女子自称25岁，但在当时的我看来，已经相当老了。一进房间她就说"其实我和老公吵架了，原本准备回乡下，但在这儿被你收留，也算是一种奇妙的缘分……"，然后从包里拿出园艺剪刀要和我殉情。

"啊？搞什么啊！"我虽然慌张地后退，但其实完全无路可退。就在我差不多放弃了的时候，她又说："那我给你两个选择，要么现在和我一起死掉，要么和我回乡下，装成我老公和家人一起生活。"我当然毫不犹豫选第二种啊。(笑)接着她就收起园艺剪刀问我"那要不要做爱"，可是我哪里还硬得起来。

我的记忆实在模糊了，已经不记得她老家在哪里。可能是千叶或者埼玉……总之是离东京不远、可以坐出租车到达的地方。到了之后，她母亲虽然因为我年纪太小而感到怀疑，但我还是以丈夫的角色在这个家庭过起了"婚姻生活"。我觉得自己完全在扮演"租赁家人"，这也和《纪子的餐桌》的主题重合。电影中，因为讨厌自己的家人而离家出走的纪子，在东京卷入了偶然邂逅的女性Kumiko经营的"租赁家人"的生意中。在假扮别人家人的时候，纪子再次遇到了自己的父亲。

这种另一个自己的生活大概持续了三天还是一个月呢，我对于时间的感知已经完全失灵，总之在某一天我终于跟对方挑明："这种生活还是太痛苦了，我要回东京。"没想到她爽快地回答一句"也是哦"，就放我走了，还给了我几万日元的报酬。我就这样回了东京，而且处男身依旧。我明明只是打算到东京来上一发，结果居然陷入"要么死要么回乡"的选择里，感觉东京向我实实在在地展示了"性与死就在身边"。那之后的一段时间，我因为害怕而陷入了勃起障碍。

因为体验到的东西太具有冲击力，导致记忆很快就被脑袋自动抹去，但是当时的日记是真实无疑的。我从宾馆地毯的颜色到脏污的痕迹全都记了下来，所以再次读起就如身临其境。我直到今天都很感谢那名女子。她是我创作的女神，在我无趣的十几岁生活里，划亮了第一道灵感的火光。

学校劣等生，诗歌优等生

如果被问到"人生最佳影片"，我一定会选斯坦利·库布里克[1]的《发条橙》(*A Clockwork Orange*, 1971)。这是我逃离"租赁家人"的生活返回东京后，看的第一部片子。体验过超现实的自己，与主人公阿利斯的感受重合，产生了超越电影的感动。当时，隔壁的电影院正在上映卢基诺·维斯康蒂[2]的《家族的肖像》(*Gruppo di famiglia*

---

[1] 斯坦利·库布里克（Stanley Kubrick, 1928—1999）：美国导演、编剧、制作人，电影史上最伟大的导演之一。几乎每部电影都被视为经典，最为人所知的有《奇爱博士》(1964)、《2001太空漫游》(1968)、《闪灵》(1980)等。

[2] 卢基诺·维斯康蒂（Luchino Visconti, 1906—1976）：意大利电影和舞台剧导演，对第二次世界大战之后的意大利电影有着非常重要的影响。出身米兰的贵族家庭，继承了家族的爵位。代表作有《魂断威尼斯》(1971)、《路德维希》(1973)等。

in un interno，1974），自己没有选择去听那种老教授的烦心事真是太好了。（两部电影都是重映。当时还没有租碟店，这样的重映很多。）

那之后，电影院就成了我的卧室。当时正在上映约翰·卡朋特[1]的《月光光心慌慌》(*Halloween*，1978），我连续五天待在电影院"筑巢"，看了睡、睡了醒、醒了看，不断循环。所以《月光光心慌慌》的配乐对我也成了特别的事物。当时也没想过要去打工，钱用尽之后还乞讨过，最后抱着"输给了社会"的心情回到丰川，重新开启高中生活。那段乞讨经历，对我之后的电影剧本创作很有用。

对高中时期的我来说，学校的课业只是"业余时间"，组乐队和当创作歌手是附加价值。（有将来当漫画家或者音乐家的想法。）参与的乐队从硬摇滚（hard rock）到前卫（progressive），风格各异，我基本都是当键盘手。弹的曲子也是从行刑者乐队（The Stranglers）这种最新的朋克到深紫乐队（Deep Purple）这种经典摇滚都有。光组乐队让我烦躁，于是就弹着钢琴唱着自作曲参加了让创作歌手"鲤鱼跃龙门"的比赛"POPCON"（雅马哈流行歌曲大奖赛）。只通过了预选赛，我就已经燃起了"单飞"的野心。

---

[1] 约翰·卡朋特（John Carpenter，1948— ）：美国导演、制片人、编剧、演员，主要作品类型是恐怖片和科幻片。

也因为这样，我每天都要写十首歌左右，到学校也一直在写歌词。爱情歌曲的话，如果写上"我爱你×3（副歌）"那一点都不好玩，我像不断试错一样地尝试各种比喻，写下"像翻倒在海边、生锈的手风琴一样爱你"这样的词，不知不觉间闯进了现代诗的世界。一整天都待在图书馆，参考"现代诗大全集"写歌词的过程中，我渐渐超越摇滚歌词写出了完全不同的东西，还把它们投稿给了《高二课程》（学习研究社，现称学研社）、《萤雪时代》（旺文社）这样的考试辅导杂志。当时好像突然醒悟过来："对啊，有一种东西叫诗。"

最早的投稿以妹妹、母亲、恋人这样的女性为主题，是一首名为《女性——与我有关的异性——》的正经现代诗（刊登于《高二课程》1979年2月号"田村隆一诗歌学校"栏目）。"睡衣上的波点/在妹妹睡觉的时候/全部毫无保留地/从蓝色圆点换成其他纹样/也不会被发现"，以此为开头的短小诗歌，被评委田村隆一先生评为第二名。这是我无望的人生中，第一次感受到希望之光的瞬间。在那之后，我又被选为特等奖，于是校内渐渐传开了"那家伙在写诗"的话题。

成绩呢，每个学期我都只有争夺倒数第一名的份儿，朋友也都是当地的小流氓。当时流行矢泽永吉和《摇滚学校》(*Rock 'n' Roll High School*,1979)。就算和暴走族朋友们一起去霹雳舞厅,我也只会像阿基·考里斯马基[1]《火柴厂女工》(*Tulitikkutehtaan tyttö*,1990)的主角一样,一个人发呆。而且还是处男,面对女孩子有心理创伤,连牵手都做不到,想想都觉得要吐。我这样一个劣等生的名字,居然登上了考试辅导杂志。这种反差非常有趣。

---

1 阿基·考里斯马基(Aki Kaurismäki,1957—):芬兰著名电影导演,也是编剧、演员和制片人。代表作有《没有过去的男人》(2002)等。2017年的作品《希望的另一面》获得第67届柏林影展最佳导演奖。

穿牛仔裤的朔太郎

我在不停投稿诗歌的同时,也在现实世界进行着各种实践,以"裸体上学""离家出走"的精神为基础做着实验。比如像史蒂夫·麦奎因(Steve McQueen)主演的电影《大逃亡》(*The Great Escape*,1963)那样,骑着摩托车越过山坡的栅栏,模仿动作电影从疾驰的火车中飞身跳下。最拿手的是穿上很像著名运输公司那样的制服,在白天大大方方从学校偷走贵重物品(钢琴、唱片机之类)。当时的心理就是"要做尽只有现在才能做的事"(除了做爱)。高三结束时,朋友拿到了银行的设计图,我们还认真操练过抢劫银行的把戏(不过最后没有执行)。

(虽然做了这么多,但在"性"这个科目上,还是比同级生大大落后了。初中的时候有喜欢过一个同班的女孩子,姑且叫她"Sanae"吧。结果踢球的时候,隔壁班的守门员鬼鬼祟祟跟我说:"昨天Sanae帮我口了,结果太舒服一下就射了。"我简直惊到大喊。连正常性交都没经历过,结果一下子被告知这种特别行为,我只有接受打击的份。在我脚下滚动的足球就这样咕噜咕噜滚向了远处。)

因为我的诗经常伴装成早熟的小孩,所以特别能理解三岛由纪夫早期诗歌和小说的氛围。明明自己什么经验都没有,却要把主人公塑造为成熟的大人。后来三岛确实通过锻炼肌肉而让现实接近自己的想象了,而我则写诗写到一半就明白了这件事的麻烦之处。我可不想切腹。如果无法分清诗歌与现实,那早晚会像詹姆斯·迪恩(James Dean)那样在疾驰中出车祸死掉。这种想法让我对自我表达有了反思,甚至对写诗也变得有点讨厌了。

就算是憧憬着中原中也[1]、宫泽贤治进入诗的世界,现实也完全是另一番模样。当时在游手好闲中认识的黑道人士也跟我说:"如果你想当深作欣二《无仁义之战》(仁義なき戦い,1973)里的那种黑道,就最好别真的进入这个圈子。"在他们看来,那只是电影里的故事,无聊至极。和这个相似的情况是,如果觉得文学界就是中原中也和太

---

[1] 中原中也(1907—1937):日本诗人、歌人、翻译。代表作有《山羊之歌》等。

宰治会在偏僻酒馆喝完酒打上一架的世界,那就大错特错了。

我看所有的现代诗歌都是正经上班族写出来的东西还差不多。虽然诗人新川和江女士称我是"穿牛仔裤的朔太郎"[1]。后来《现代诗手帖》编辑部也寄来明信片让我继续写诗,但我已经是没有气泡的啤酒,对此毫无兴趣了。

---

[1] 这里的"朔太郎"是指"日本现代诗之父"萩原朔太郎(1886—1942),活跃于大正文坛,开拓了日本现代诗的荒野。

为了吃上饭加入宗教和左翼团体

高中三年我反复离家出走,期中、期末考试也不参加,能毕业简直就是奇迹。虽然成功摆脱学校,但是未来一片迷茫。当时我还给很受欢迎的邪典漫画杂志 *Garo*(ガロ)投了自己画的漫画,但是落选了。结果直到21岁上大学之前,我都东游西荡,放浪形骸。

当时没什么特别的梦想,但还是很快乐,整个人既阴郁又新鲜。因为喜爱又尊敬的作家们,比如亨利·米勒、让·热内、陀思妥耶夫斯基、阿蒂尔·兰波,以及中原中也、寺山修司全都是阴郁的人,所以我觉得这样的人生很正常。他们阴郁的人生充斥着大起大落的波澜,对我来说,这种激烈的人生才富有魅力,所以读着这些人所写的阴郁诗歌、阴郁小说鼓励自己。拜这些作家所赐,那段时间我几乎没有看电影,这或许是件好事。

游荡生活的基地是东京町田的四叠半[1]小屋。虽然也在打工赚钱,但生活还是慢慢变得拮据。有次我肚子饿到快死,在五反田车站摇摇晃晃乱逛的时候,被统一教会的人搭讪:"你相信上帝吗?"我回道:"信的话会有饭吃吗?"结果对方回答"有",我就带着阴郁的心情跟他走了。

我就这样过上了每天在教会打扫、学习、唱赞美诗的生活。可就在我迟钝地觉得如果能吃上饭那每天这样也不错的时候,却被告知"接下来合宿吧"。这当然不是什么好兆头。我虽然喜欢阴郁,但是讨厌绝望。于是以一种"差不多该逃跑了"的心情跑出玄关,谁知信徒却轻飘飘地对我说了句"路上小心"。这种以我一定还会再回来为前提的回应令人毛骨悚然。(在写《爱的曝光》时,这段经历派上了用场。)

我掉以轻心地认为那些家伙不可能知道自己的住处,所以还是决定先回町田。结果回去后公寓的桌子上放着剃刀,还写着"等着你哟"。必须躲到别的地方去了啊!我在慌不择路的关头,决定去成田加入左翼团体,认为这样

---

[1] 四叠半:"叠"是榻榻米的单位,大约等于1.7平方米,用来计量房间大小。另外,"四叠半"已经成为半固定用法,以形容廉价而狭小的单人一居室租赁房。

应该就不会被追杀。当时,左翼团体为了反对成田机场建设项目的扩建工程而掀起了"成田·三里塚"事件。对我来说,不管是宗教团体,还是左翼团体,加入的根本目的都是温饱。

我很顺利地潜入了"指挥所",早上一起床就前往"战斗现场",机动队的铝合金盾牌立在地平线上,在朝阳的直射下荡漾着光芒。我们响应领队的命令,一边喊着"反对成田二期工程"一边前进。我是以"参加战斗"的觉悟出发的,结果队伍一到了机动队那里就接到"今天就到这里"的命令,迅速原地转身离开。这种例行公务一般的战斗方式,让我非常失望。

疲惫地回到指挥所,和同龄的年轻人(或许现在已经成了哪里的干部)一起泡澡的时候,大家纷纷说着"说真的,我不明白""我也不明白"。(虽说我从教团跑到这里只是为了吃饭。)如此纯真的他们在第二天撤退的时候被机动队包围并殴打了,所以那天在澡堂碰头时我们的对话变成了"被这帮家伙打了以后我终于明白了,疼痛消失之前我都不会忘了他们!"。虽然这种发言非常浅白,但是要把脑袋里的思想变成肉体上的行动,必须要经历这么一次才行。

虽然日子过得特别舒服,以至于我都不想从左翼团体逃走了，但是想到教团的威胁差不多该停止了，所以还是和指挥所告别，返回了町田的公寓。有一个对平克·弗洛伊德（Pink Floyd）的专辑《迷墙》（*The Wall*）所讲述的故事感到共鸣的人大喊"别放弃"，并直到最后一刻都试图阻止我离开。我感到他是个热情的人，但那之后他就经常来我的住处。当时我也觉得再这样下去不行，所以努力学习半年，考上了大学。那是1983年的春天，我21岁，依然是处男。

园子温就是我！！

我进的法政大学有一个名为"剧场零号"（Theater Zero）的独立放映团体，几乎每天都会利用校内的大礼堂搞电影或演出。我和"剧场零号"的前辈们（我只是入学年份晚，其实是同岁）混熟，成功加入组织，过起了晚上7点去学校，早上才回家的生活。现在回想一下，其他能在东京的正中心搞什么"24小时通宵摇滚现场"或者"4部电影通宵连映"，在房间里喝酒打闹的大学，应该是没有了吧。20世纪80年代如果去东德看一看，会有很多非法占领建筑物、安营扎寨的年轻人，这里的学生们把石井聪互（现名石井岳龙）导演的《爆裂都市》（*Burst City*，1982）中的场景换成了大学，聚集在一起实践着那种氛围。不过大学终究是大学，整天逃课体验社会总归不行。

拖欠大学学费之后，我退学了。离父母得知我退学还有两年缓冲时间，必须在这期间找到自己的未来之路。只要早早找到出路，就能跟父母谢罪："对不起，其实……"这个办法相当于"制造不在场证明"。因为找不到出口，戏剧、乐队、小说、漫画，我全都尝试了一通，最后沉迷在了入学后用一个月时间拍成的电影里。

拍电影需要器材，我当然没钱买摄像机，所以就加入了电影社团。我拿着借来的8毫米摄像机像速写一样沿路拍下目之所及的一切事物。当时，正是铃木志郎康、Hoshino Akira、松本俊夫等人的"实验电影"大盛的年代。我用这样的风格拍下了自己的出道作——《园子温就是我!!》（俺は園子温だ!!，1985）。

虽然从我自己嘴里说出来有点奇怪，但是《园子温就是我!!》确实是划时代的电影。22岁的我，在里面拼尽全力喊了30分钟。一般的电影，手持摄影机的一方拍摄的是自己的对面，也就是我之"外"的世界。但在某个瞬间，我突然意识到，拍摄自己才是最有趣的事。这就是所谓的"自拍像"。在今天，实验电影里拍摄自己的作品早已不再稀奇，但在当时则绝无仅有。（《园子温就是我!!》之后，使用"自拍像"手法的人迅速增加。）

那时我偶尔还会写诗，但比起投稿时期，能更加冷静地思考诗歌了。因为是直接用笔来写，所以随着心情，字迹也会在潦草和流畅之间变化。把这样的文字统一变成"明朝体"印刷字，让我觉得充满违和感，于是就在街角的墙壁、公共厕所涂写自己的诗然后拍下来。

但比起用笔写下来再拍，直接拍下用"肉声"读诗的画面反倒更简单。所以我就自创了"诗歌朗读电影"。借此我也意识到，在我的内部，诗歌与电影是不可分割的。说得这么好听，但我其实也没有这么高深的意图，只不过和小学时"如果露出小鸡鸡大家一定会吓一跳吧"是一样的心理。

虽然《园子温就是我！！》只是我在大学一年级拍摄的电影，但立马就被有"独立电影之龙门"称号的"PIA[1] Film Festival"（PFF）选中。这让我觉得自己长期以来节约、禁欲、不去酒会（毕竟22岁了还是处男）的生活终于有了回报。总之，好歹是抓住了机会。第二年如果在PFF拿到大奖，就可以获得300万日元的预算拍摄一部影片。这样一来我就能挺起胸膛宣布"其实我在拍电影"了，于是决定专心投入电影。

---

[1] PIA：全称"ぴあ株式会社"。最早是杂志，1972年创刊，1974年成立公司，1977年主持举办"PFF"的前身"第一次自主制作电影展"，1981年电影展改名"PFF"，之后也负责PFF系影片的发行。

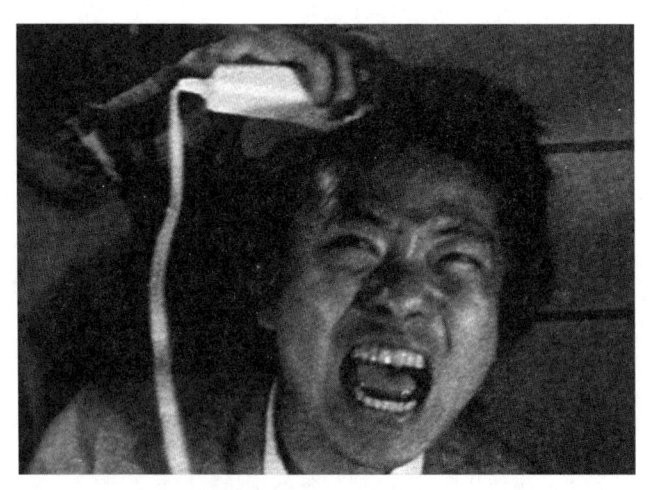

《园子温就是我！！》1985年 / 36分钟
演员：园子温 / 共演：中川 Rokoko、山道狂介等
© 2012 Dongyu Club / pictures dept. / Sion Sono

以得奖为目标拍片

事实上，接下来拍摄的《男人的花道》（男の花道，1986）果真拿到了PFF大奖。电影讲述自己17岁时离家出走的经历。拍摄是利用暑假在老家完成的，家人全体出动，我也几乎是本色演出。就在周围人都拼命制造"电影感"的时候，我却在思考真正的8毫米作品到底是什么。看到有人用赢弱的肌肉模仿史泰龙《第一滴血》（*First Blood*，1982）那样的动作电影，聚焦周围的恋爱或者校园生活拍摄"身边的电影"，我只会觉得"拜托你们也稍微认真点啊"。

这部电影绝对能拿到大奖。当时，我以自己迄今为止的电影人生中最不齿的私欲，瞄准大奖拍片。我觉得自己以评委的立场出发，基于他们的"倾向和对策"特意创作了"催泪的剧情",但实际上好像并不奏效。有很犀利的意见称那是"十几岁的最后无法排遣的忧郁",是扮演"尾崎丰[1]式青春"而自我陶醉的作品。最后承蒙大林宣彦[2]导演的推荐惊险入围,能拿到大奖真是万幸。

当时的电影社团给我贴的标签是"只知道拍电影,日常很难相处的家伙"。团员都是一种"参与过程本身就很愉快"的心态,整天期待着酒局、合宿夜的烟花,如果顺便还能萌生一段恋情那再好不过。因为他们本来就没有认真拍电影,所以就算遭遇恶评也无动于衷。因为我和他们的状态太过不同,所以《男人的花道》是找社团外的人帮忙完成的。

我的拍摄方法吓到了团员,他们没想到用这么崭新的手法可以拿到大奖。团员们会支起三脚架用固定机位拍摄,或者利用轨道实现平移镜头,总之净是华丽的调度。但我全片只采用手持摄影机拍摄,甚至会拍到话筒,会提着摄影机乱喊乱叫,毫不顾忌周围。他们总会很生气地对着我大喊:"你拍的根本不是电影!"(这一点到现在也没变,

---

[1] 尾崎丰(1965—1992):日本歌手、作词家、作曲家。以唱出追求真爱和梦想,面对学校和社会的不合理的受伤、反叛心声而闻名。
[2] 大林宣彦(1938—2020):日本电影导演。代表作有《转校生》《穿越时空的少女》《寂寞的人》等。

电影狂热分子的口头禅还是"这根本不是电影"。而认为"像电影的电影"无聊透顶的我,随时都在思考如何从电影的技术中逃出。)

用大奖获得的300万日元为资金拍摄的作品是《自行车叹息》(自転车吐息,1990)。这部电影,用一句话说明就是,两名预备校学生徘徊于忧郁时光的青春。设备从8毫米换成了16毫米,录音和照明也不用我一个人包办了,电影在制作上一下子规模升级。如今回想起来,当时的团队虽说都是业内人士了,但其实也都是新手。可即便这样,我心中还是涌出了"这回得彻底在专业世界里决一胜负了啊"的想法。现在回想可能觉很稚嫩,但当时确实特别满足。

《自行车叹息》作为PFF奖金的成果,被定在新宿歌舞伎町的"Cinéma Milano"(现新宿Milano3)举办首映。我请来了父母,第一次告诉他们大学退学的事。当天电影院满座,我还到台上致辞,果然父母见到这样的场景也只能说:"已经这样也没办法了。"作战计划,彻底成功。

制作超前卫 AV 被开除

认真开始拍8毫米电影才两年时间就获得这样的成绩,那按照"hop step jump"[1]的惯例,接下来应该要"jump"起来了吧,趁着这股上升的劲头,我觉得自己能立马开始拍下一部片子了。太天真了。我做梦也没有想到,等待自己的会是无限漫长的底层生活。结果直到40岁拍出《自杀俱乐部》(自殺サークル,2002)为止,我都没有迎来那个"jump"。拍《自行车叹息》时我25岁,也就是说在这15年间,我是强撑着、忍耐着活过来的。在完全没有料到,不得不痛苦地忍耐这么长时间的期间,焦躁一点一点地袭来。

如今的PFF大奖作品从上映到发行DVD都由PFF的主办

---

1 hop step jump:日语中会将这三个词连起来形容三级跳,另外它也是西城秀树1979年发行的热门单曲,已经成为惯用语。

公司PIA来包办，得奖的新人导演也可以作为商业导演顺利出道，但过去完全不是这样。在我之前拿到大奖的作品，别说在电影院上映了，做过几次无聊的纪念公映就完事。所以我就跟PIA公司提议要独立发行《自行车叹息》。我不想像把绚烂的烟花一口气打上天空那样，创造出仅此一次上映的回忆后就销声匿迹。

即便如此打算，但一年时间转瞬即逝，事情暂时沉寂了。后来AV导演平野胜之从滨松来东京，搬进了当时我在荻洼的四叠半房间。在《园子温就是我!!》的前一年，他的《癫狂触角》（狂った触角，1984）也入选了PFF，但两个人在那之后都没出名、没起飞，什么都没干。开始同居生活以后，两个废人更是一起堕落开启恶性循环。当时我想至少得搞点有趣的事情吧，于是就组建了电影团体"Fuck Bombers"（说是团体其实只有我一个人在活动），跑到电影院分发用油印机制作的宣传单，上面写着"Fuck Bombers袭来！成员招募！"。看到这份宣传单后敲响我房门的是个无精打采的高中生，也就是后来成为电影导演的井口升。

那段时期我正好焦虑于"继续这样就活不下去了"，所以准备好了去当AV导演。就在同是PFF出身的导演齐藤久志（有在《自行车叹息》中帮忙）邀请我在他的AV里担任男演员的时候,那个制作公司问我要不要自己来拍拍看。井口可是个能说出"我爱《福星小子》里的拉姆"这种话的萌系二次元宅男,当然也是个处男,所以我决定让他当主演,平野也作为摄影助理加入。

拍出来的作品名为《男孩子们,反省吧》(男のコたち反省しなさい,1989),是一部片名很特吕弗的AV。成片如我想象的那样有趣。床变成了K-1[1]角斗场,无比亢奋的变态女和哭哭啼啼的童贞男展开了激烈对决。对话差不多是"穿白色GUNZE内裤!笨蛋!""好……痛啊!""再上来一次啊!""勃起啊!""像你这种没用的家伙被丢到不可燃垃圾场还差不多!"最后,只穿着一条内裤的井口哭着跑出酒店,一头扎进了电线杆旁的垃圾堆里,晕了过去。总之,整部片子里疯狂的段子到处乱飞。

但是因为观众的反馈都是"一点也不色情",所以我只拍了这么一部就被裁掉了。虽然当时《周刊Play Boy》把这部片子选为"本周首推AV",但时代本身还追不上这种注重故事性的"企划系"作品的步伐。等AV导演Baksheesh山下和Company松尾等人掀起"企划系"的火热浪潮,已经是几年后的事了。

---

[1] K-1:世界著名踢拳搏击赛事品牌,于1993年创办。是以重量级为主的新形式的格斗比赛。

平野和井口留在了AV界,托"AV泡沫"的福志得意满,而我返回了普通电影界。因为误读了时代,所以我只能继续落魄下去。如今回想起来或许是好事,但平野已经搬到原宿的公寓时,我还一如既往住在荻洼的四叠半房间,面对着一只裸露的灯泡。社会阶层间的距离,就这样越拉越大。

独立电影的光与影

我把《自行车叹息》的录音带、未使用的底片素材以及正片（为了剪辑冲出来的胶片）小心地保存在自己的四叠半房间里。这部第一次受资助拍摄的电影是在慌张中完成的，我总是担心当时只拍摄过8毫米的自己，可能会疏忽什么东西，想一有时间就重新制作，所以才想由自己保管所有材料。

但失去信心的我，有天早上起来时，突然觉得"还是算了吧，把这一切都忘了吧"，然后把素材全部当垃圾扔掉了。垃圾车过来将《自行车叹息》的"重要垃圾"收走的瞬间，我感到，这部电影终于结束了。但不可思议的是，当然也是偶然，在那之后，东京中野的名画座、中野武藏野剧场（2004年闭馆）的主理人打来电话，问我能不能在夜间档[1]放映《自行车叹息》。

虽然事情以"最后干一票"的心态开始,却迎来了漫长的自主制作、自主发行的时期,我称那段时间为"自行车经营"[2]。自己制作电影,自己和电影院交涉,靠放映挣钱,再用这个钱补贴生活费和制作费来拍摄下一部电影……整个流程完全是剧团的工作模式。当时,在独立电影界如此系统操作的,除了我几乎没有别人。

那时能放映独立日本电影的地方,好像只有中野武藏野剧场的夜间档和池袋文艺座的地下。后来在全世界成为话题的冢本晋也导演的《铁男》(鉄男,1989),当时也是夜间档的上映作品。换成现在,相当于所有人在努力争夺"Porepore东中野"[3]这一家电影院的夜间档。也就是说,如果不是东宝、松竹这样的主流电影公司制作的商业电影,就无法进入白天的场次。说到底,当时进院线的日本电影

---

1 夜间档:一般称为Late Show,指电影的开始时间在晚上8点或9点以后,结束于深夜11点左右。
2 自行车经营:日语中的一个专有名词。形容快要倒闭的企业,一边不断借用他人的资金,一边在慢性赤字的情况下维持经营,因为和骑自行车一样一旦停下来就会倒,所以只能不断循环下去。园子温以此来与自己的电影片名做双关用。
3 Porepore东中野:位于东京都中野区的一家电影院。前身是"Box东中野",2003年闭馆后由发行公司"Porepore times"获得经营权,于同年9月改名后开馆。继承了原电影院的风格,多上映纪录片或新人导演的独立作品。

本来就少，最重要的是电影院也比现在少。

所以，现在的年轻导演条件很好。当然也要看交涉的情况，但总体来说可以放映作品的电影院倍增。我说条件好，在电影制作阶段也是一样。现在可以直接用数字摄影机拍摄，在家里用自己的电脑剪辑，成本不会很高。之前有年轻导演说"拍电影可真花钱啊"，结果一问才30万日元，我心想："这也算多？"。在那时（20世纪80年代后半期），拍电影可是件大事。拍一部电影和在商店街开一家店需要的资金差不多。一部电影失败了，也就相当于店倒了，是很致命的损失。因为必须用16毫米或35毫米胶片，再加上显影费用，不论怎么控制，一部电影也得数百万日元。

我没有自主发行的经验，完全是在摸索中好不容易使《自行车叹息》在中野武藏野剧场放映。放映限定10天，时段为晚上9点。本来大家都没抱期待，结果最后有2500人来看。当时夜间档的普遍状况是一场只有五六人。而这部居然每场都吸引到一两百人，甚至因为观众进不了场而增加了晚上10点半、12点，以及凌晨3点的场次。这部电影，在中野区成了传说。

限定的10天结束后还陆续有人来，于是又在两个月后进行了为期两周的放映。总计有5000人观影，这才终于移到了白天的场次，加上之后的"安可"，总共放映了六七次。

因为没有委托任何发行公司，所以票房收入完全进了我自己的腰包。最后，居然积攒到了1000万日元以上。那应该是我人生中存款最多的时期。无名的独立导演，居然获得和白天放映的日本电影相当、或许还要更多的观众，简直痛快。

内容无所谓，关键是引人注目！

为什么会来那么多观众呢？因为我几乎用尽了一切不用花钱的宣传手段。花钱的地方只有预售票的印刷费、合计四万张左右的彩色传单费、试映会的三次预约费、试映会的邀请函和邮费，仅此而已。

基本上独立电影都没什么预算，印刷传单要以尽可能引人注目为策略。本来就印不了海报，电影的主题和内容根本无所谓，只需要考虑如何在一堆传单中让人伸手去拿。因为观众只有把它带出剧场以后才会看上面的内容。不管是多平淡的电影，都要使出花哨的手段。

我做的传单，在反面完整印上了拜托剧作家、脚本家内田荣一写的影评。这在当时是划时代的做法。一般都会写上剧情梗概、演职员表，但我除了内田先生的影评以及放映时间，其他信息都没有。总之非常具有挑战性。传单的正面，只有我拿着一面写有"俺"[1]的旗帜奔跑在夜晚街道的照片，以及片名"自行车叹息"。我想将多余的信息排除，用减法决一胜负。

当然也用了一些恶作剧手段。为了给电影镀金，我在传单上方重叠印了一句"泊林国际电影节参展作品"，文字和照片混在一起，仔细看才会发现不是"柏"而是"泊"。[2]所谓"泊林国际电影节"是在我自己家举行的电影节，我也没撒谎呀。（笑）

把传单放去电影院只是基本操作。我的"引人注目"手段，还有用油印机制作只写了"园子温"的招贴，沿着繁华街的电线杆一路贴下去。当然有被警察抓到过，但写个检讨书也就没事了。去看话剧和舞蹈时往派发传单里塞进电影传单的做法，估计也是我第一个践行。为了将高级公寓和单身公寓一网打尽，甚至一家一家地往邮箱里塞传单。总之，用身体和头脑代替金钱，使尽了浑身解数。

这一时期，与导演渡边文树的相遇是一件大事。他拍出了《家庭教师》（家庭教师，1987）和《岛国根性》（岛

---

1 俺：日语中"我"的说法之一，为保持画面感保留日文。
2 "柏林"在日语中写作四字片假名"ベルリン"，园子温将开头的"ベ"改写成了读音相近的"ペ"。

国根性，1990），是一位以拍摄反体制、反强权为主题作品的影像作家，不依靠赞助和发行公司，以巡回全国"公民馆"[1]的放映方式为人所知。

当时正是《岛国根性》上映期间，每晚都会请大岛渚等名人来对谈。我没能力给到场的所有观众都发传单，只能演一出戏。对谈之后的提问环节，我会比所有人都早举手。普通开场白一般都是"很感谢让我们看到这么精彩的电影"，但凡事都需要突破。我一站起来就挑衅说："整场听下来，我觉得非常无聊。"（当然不管有没有听我都会这样说。）

导演和嘉宾自然都愣住了，质问我："什么？你是哪位？"正合我意，我一边在心里喊着"来了"，一边回答："嗯……我呢，我是下个月×号会在中野武藏野剧场夜场上映的电影《自行车叹息》的导演，姓园。"一听这话，对方当然觉得"什么？居然是来宣传的"而更加生气。但我毫不在意，还会回："确实有宣传的意思，但要问我是谁，我确实是刚才提到的《自行车叹息》的导演，虽然离这里稍微有点远，但确实从×月×号开始要在中野武藏野剧场夜间档放映啊……"

---

[1] 公民馆：日本为了给普通民众提供教育、文化、学术等服务而设立的公共机构，一般以市、町、村为单位设置。

之后，我还在出口一边笑着发传单，一边说"我就是刚才的园"。观众里还会有人鼓励我，跟我说"加油"。我准备每天都重复这种手段。不管对谈的是什么大人物，我都要挑衅："整场听下来，我觉得完全不对。"他们谈的内容怎么样完全无所谓，哪怕我心里同意，嘴上也要挑衅。但是难免因为"怎么又是你"而被厌烦。结果从第三天的对谈开始，渡边导演竟然主动叫我参加嘉宾聚餐。

《自行车叹息》1990 年 / 94 分钟
演员：园子温、河西宏美、杉山正弘等
© PIA（ぴあ）株式会社 / Anchors Production（アンカーズプロダクション）
© 2012 Dongyu Club / pictures dept. / Sion Sono

堂堂正正从"泊林"到"柏林"

我从渡边导演那里学到了很多宣传的点子。宣传中最大的难题就是请人来试映会。哪怕一个人也好,总之希望尽可能有多一点人来写报道。从《朝日新闻》的记者到不知道哪里的怪人,渡边导演把自己收集的数百张名片复印了一份送给我,真的帮了大忙。我会一辈子都感谢渡边导演。得到了联络地址,要亲笔写明信片,我埋头于写试映会邀请函。"总之一定要用笔写。把自己的热情注入其中,地址也要用笔写!我甚至还把明信片塞进木芥子[1]里送出去过!"我按渡边导演说的,一张一张手写了明信片。

---

1 木芥子:源自日本东北地区的人偶,以木头手工制作,有着简单的肢干及刻意放大的头部,配上几条用来表示脸部的线,没有手脚是木芥子人偶的一项特色。

写完收件人和住址后还会添上一句："尊敬的××，请您一定莅临试映会，恭候您的大驾。"这么做是为了给人一种"只想让您来看"的感觉，仿佛是针对个人传达着请求参加试映会的意愿。我没有在印厂印刷试映会明信片的钱，所以在背面用油印机印刷了廉价的双色图案，散发着来自新手的手工气息。结果没想到，这反倒很引人注目。

寄出试映会邀请函还不算完，我算好对方收到的时间打电话过去。寄送的名单中还有铃木清顺、大岛渚这种一看就让人觉得"这也敢打电话过去？！"的超级名人，但我都诚惶诚恐地打了。夫人们接上电话，来一句："啊，找清顺吗？他正在换鞋哦，我换他接。"大概会是这种走向。如果确定了对方会来试映会，就立马联系杂志编辑部商量举办对谈。因为试映会场租金一次五万日元，我一共租了三场，当然要拼尽全力。

努力是有回报的，来的人好像要溢出会场一般，三场试映会全部满座。可能我刚好保持在惨遭厌恶的厚脸皮边缘发出请求，对方反倒会有一种不得不去的心态。连PIA发行的侯孝贤导演的大作都没去看的《朝日新闻》记者以及著名电影评论家，居然都来了我的试映会。结果PIA那边的负责人就盯上了我的会场，给相关人士发试映邀请函。那边明明有资金，倒是好好干啊！

另外两天后要给来了试映会的人打电话问候，这种事后的礼节也不能忘。因为这基本上是一种刻意开拓社交圈的行为，所以远远超出了认生的我所能接受的范围。不停地打电话，然后接电话，甚至把邮筒当作桌子写完明信片立马投出去。试映会之后，报纸、周刊、月刊，《自行车叹息》的介绍、评论登上了数量惊人的媒体平台。

10天的放映能吸引2500名观众，正是这之前所有准备工作的成果。中野武藏野剧场当时位于中野商店街旁边，不论是入口通道还是外面的街道都很窄，观众轻易就能溢出场馆，这也吸引了路人的目光，到了晚上就嘈杂混乱，仿佛发生了什么一样，于是掀起了话题。我会把这种场景拍下来，等下次放映的时候印在传单上为宣传造势。

当时，独立电影参加国际电影节是很少见的事，但我认真决定要让《自行车叹息》借着这股势头出征"柏林国际电影节"。这是任谁都会觉得不可能的事，所以我才觉得必须要成功，完全燃起了斗志。一般的做法是通过自下而上、层层筛选的方式向窗口负责人进行申请，但那势必混在数量庞大的申请中落选，而且太麻烦了。所以我直接给电影节论坛单元的选片人乌利希·格雷戈尔（Ulrich Gregor）寄了片子。等于是突然采用自上而下的战术。令人震惊的是，真的正式入选了论坛单元。就连PFF的主办机构PIA都被吓到了。之后PFF系电影参加柏林电影节的契机，可以说就从我的《自行车叹息》开始。这简直是堂堂正正地从"泊林"到"柏林"。传单上的一句戏言中，蕴藏着"言灵"[1]。

《自行车叹息》再度上映时中野武藏野剧场前的情景

---

[1] 言灵：语言的不可思议的作用。在古代日本，语言被认为寓有神灵的力量。

第二章

站上主流舞台之前的战术

属于独立电影的战术

不论是谁,在进入主流之前,都有一套属于独立电影的战术。创作独立电影时的我,比起电影的内容和价值,更重视"如何推销宣传自己"。也就是说,不论拍出了多么厉害的电影,如果试映会没人来、观众不买单、谁都不知道,那拍了也是白拍。所以,我整天都在想怎么让别人问出"这家伙到底是谁"。《自行车叹息》是这样,如果用之后拍摄的《房间》(部屋,1993)举例,同样是让"没资金"反守为攻,像游击队一样在街道上展开前所未有的宣传攻势。拍电影,然后上映,这是远远不够的,将电影"事件化"才是最后取得成功的关键。

我的任何项目都一样,预算几乎只有人工费。就算投放了电视广告,会翻车的电影也一样会翻车。所以宣传并不是预算越多越好。就算资金匮乏，但只要拼命去做，我就能让任何电影大卖。

《房间》本来不具备任何能够大卖的属性。主演是地下文化圈的麿赤儿[1]，全片黑白，90分钟内几乎没有对话，多用一景一镜[2]，剪辑极少。剧情是杀手（麿赤儿）造访房地产中介（洞口依子），以寻找符合死亡氛围的房间为目的，其中可称为"事件"的事件一个都没有。反正是部平淡到底的平淡电影。一般来说这种电影根本不可能大卖，但它却在短短几周内创下观影纪录。当时在新宿南口的剧场"Cinema Argo新宿"（1995年闭馆）上映，等待入场的观影长队，从人行天桥一直排到新宿站检票口。

当然了，利用普通的手法不可能有这样的效果，所以我像《自行车叹息》那样使用了极度招摇的宣传法。首先，要根据场所设计传单。在筋肉少女带[3]开演唱会的日本武道馆周边发放的传单，选取楳图一雄风格的设计，文案是

---

[1] 麿赤儿（1943— ）：日本演员及舞蹈家。本名大森宏，除了出演过大岛渚、铃木清顺等人的电影，还参加过实验剧团"状况剧场"。师从土方巽，是暗黑舞踏剧团"大骆驼舰"的主理人。
[2] 一景一镜：电影拍摄的手法之一，指一个场景只用一个镜头，中间没有剪辑。在日本代表性的作品有大岛渚的《日本的夜与雾》（1960）。
[3] 筋肉少女带：20世纪80年代后半期到90年代活跃于日本的乐队。1982年结成时名为"筋肉少年少女队"，后改名"筋肉少女队"，1984年才固定了这个经典乐队名。

"啊——，从没见过这么恐怖的电影！！！"（虽然根本就不是这种内容的电影），在"Image Forum"[1]则选用铃木志郎康导演那样的实验电影风格，混在小剧场传单里发放时当然选用小剧场风格的设计。

我一直都没在海报上使过力，也觉得肯定没什么效果。比起海报，还不如大量印刷传单来得有效。宣传《房间》时，我将传单排列好贴满街道，传单上麿赤儿的脸以棋盘状迅速扩散。如果《东京爱情故事》这种偶像剧的接吻画面里，在铃木保奈美身后映出麿先生的光头传单，那不是很有趣吗？我以此为目标，跑到看起来比较像电视剧拍摄地的街道贴海报。现实中也确实有人告诉我："昨天的电视剧里有拍到麿先生哦。"当时东京的主要街道简直被《房间》的传单覆盖了。

当然，我对自己的作品是有信心的。比起"让糟糕的电影成功"，我的做法一直都是"如何让创作出的东西成功"。我至今仍然相信，不用卖座的演员、流行的主题这些保守的方法，单单靠电影本身也能吸引观众来看。如果已经创造出有趣的东西，我需要考虑的就是如何在宣传中

---

[1] Image Forum：以涩谷为据点开展相关电影活动的团体。成立于1977年，拥有一栋自己的建筑，内有电影院、出版社等。出版过电影研究杂志，关注的电影风格一般很前卫。

强化它（让更多人知道）。

我甚至会在公寓楼的"可燃垃圾"投掷点的垃圾盖里贴传单，用传单覆盖电车外面的广告（装作喝醉的样子），擅自在书店的杂志中夹传单。虽然做了很多过分的事，但在提高自己电影的知名度上确实效果显著。

《房间》1993年上映 / 91分钟
演员：麿赤儿、洞口依子、佐野史郎等
© Anchors Production（アンカーズプロダクション）
© 2012 DONGYU Club / pictures dept. / Sion Sono

像游击队一样占领东京街道
——东京嘎嘎嘎

纵使是一部平淡的电影,也没有阻止《房间》创下单馆首映纪录,甚至还拿下当年"圣丹斯电影节"的"评委会特别奖"。但在那之后,我涌起了返回"电影之外"的冲动。诗歌也好,音乐也要,我一直怀抱着在比电影更广阔的领域里做点什么的强烈愿望。也就是在不同的领域,用不同的方法试着做出作品。于是,我组建了"东京嘎嘎嘎"(東京ガガガ)集团。和给电影帮忙的五六名日本电影学院的工作人员一起站在东京涩谷的八公像前时,我突然觉得如果用旗子把眼前的十字路口覆盖起来会很有趣。然后就真的决定这么干了。那不是表演,也不是艺术,只是一种原始的冲动,和小时候裸体上学一样。

"东京嘎嘎嘎"第一弹的行动日到来。1993年5月3日下午4点20分。日本最嘈杂的场所之一——涩谷八公口前的十字路口正值黄金周最盛，人、车混乱而热闹地穿梭。就在这里，20名年轻人突然出现，在信号灯变绿的瞬间，叫喊着冲上了街道。他们点燃爆竹，挥舞烟雾弹，用扩音器大叫"嘎嘎嘎"，瞬间将十字路口完全攻占。写上诗歌的大小旗帜飞舞着，30米长的大横幅覆盖了道路。上面狂乱地写着："以此为界，前方是既无左右又无上下的东京嘎嘎嘎黄昏时刻的嘎嘎嘎。"

人流和车流瞬间停滞了，十字路口陷入了一种既不是骚乱也并非无声的事态中。我们从路口攀上了道玄坂，穿过原宿的竹下路，停在了"新宿ALTA"前，一边尖叫着"嘎嘎嘎"一边嘶喊着诗句奔跑。

其实我最开始并没有把它扩大的打算，但之后又有了第二次、第三次、第四次……不知不觉间频率变为两周一次，在口耳相传下成员竟然增加到了2000人。其中既有男职员也有女白领，从画家、音乐人到演员、学生，应有尽有，完全是跨越职业界限的各类人士大集合。在连网络都没有的时代，"下一个行动日是×月×日"这样的信息通过电话留言不断传播扩散。

东京嘎嘎嘎（作者在涩谷的十字路口） 1993年

无意义、无目的、无宗教的运动

NHK（日本放送协会）的早间新闻报道了"东京嘎嘎嘎"后，右翼和左翼都坐不住跑来打电话给我。两边分别跟我说什么"这种沸腾的热血，难道不想奉献给皇国吗？""左翼运动需要你们的力量！"当时正是奥姆真理教[1]在众议院选举中惨败后的几年，因此甚至招来"要不要搞宗教？"的建议。"东京嘎嘎嘎"完全没有带来收益，相反根本就是我在自掏腰包，所以如果搞个"嘎嘎嘎教"说不定真的可以赚钱。但我宣扬的是"无意义、无目的、无宗教"，政治方面的意

---

[1] 奥姆真理教：活跃于20世纪80年代至90年代的日本新兴宗教团体。曾于1995年3月20日在东京多条地铁线路上利用沙林毒气同时实施无差别的恐怖事件，史称"地铁沙林事件"或"奥姆真理教事件"。后文的松本智津夫就是教主麻原彰晃的本名。

图为零。只是嘶喊着诗句奔跑,甚至连"表演"都称不上,这无法定义的行动,才是"东京嘎嘎嘎"。

当然,因为我们完全没有去做"游行申请",所以每次都有成员被警察逮捕。最后还得作为代表的我去警察局,每次他们都会笼络我:"你作为电影导演很有前途啊,现在还是老实安稳一点吧。"甚至还办了"东京嘎嘎嘎"与警察的卡拉OK大会,还会打电话跟我交代"这次是天皇生日,就别搞了吧,作为补偿可以允许你下周搞一次",总之用各种的手段拉拢我,一直持续着这种带有微妙平衡感的拉扯。

不牵扯利益和目的的东西,总是很有趣。我还花了30万日元(对当时的我来说简直巨款)做了一个和八公像一模一样的精致铜像,放在真雕像旁边,看着约在那里会合的人疑惑的表情笑个不停。还买了一个大大的气球远程操作,像"齐柏林飞艇"那样飞起来,让人们误以为是UFO。(后来我从这些点子里构思了电影剧情,前者用进了《现生现身》(うつしみ,1999),后者用进了《气球俱乐部,自那之后》。)以现在的语境看,"东京嘎嘎嘎"可能会被当作"Chim↑Pom"那样的艺术团体,但我们其实完全不想传达任何社会性的信息,也不是艺术。因为我尽干些这样的事,所以很长一段时间都没有回到电影的世界。

超越了游击与摆拍界限的电影
——《BAD FILM》

"东京嘎嘎嘎"的行动,最多一次聚集了2000人,其中有女高中生,有左翼团体,也有新兴宗教教徒,什么样的男女都有。东京高圆寺的废墟前有一座大正时代用作旅馆的建筑,两层楼20个房间(租金10000日元),成员中的一部分在这里过起了集体生活。我觉得如果不把这帮人拍成《宾虚》(Ben-Hur,1959)那样的电影简直太可惜了,所以又燃起了拍电影的想法。"香港回归中国的前夕,20世纪末的东京中央线,人群在暴走,爱在疾驰。"影片以这样的概念开始。

清晨第一班中央线列车被"东京嘎嘎嘎"的重要成员占领,变成了满员电车。伪装成中国人团体和日本右翼集团的成员和乘客陷入了不断扩散的混乱打斗中。(电影的设定是在不久的将来,中国人会占领高圆寺。)参与者都是"东京嘎嘎嘎"的普通成员,拍摄超越了游击和摆拍(虚构)的极限,我拍的东西已经超越了当时人气电视综艺《前进!电波少年》[1]中播放的纪录影像。

在"新宿ALTA"前,拍摄了扮成中国年轻人和日本右翼(用现在的话说就是"网络右翼")的一百多名嘎嘎嘎成员乱斗的场面。用了几台隐藏摄像机,本来最后的设定是要被真警察逮捕,结果因为暴乱的人数太多,巡警压根过不来。(笑)没办法,我只好派出准备好的假巡警,还做出让整个歌舞伎町地区的车辆停下来开拍的行为等,我大胆地践行普通电影拍摄做不到的过激实验。

本来想把拍到的影像整合成一部名为《BAD FILM》的电影,但最后拍到了100小时左右的素材,我只能放弃。要完成这样一部电影,我得投入全部身家。虽然当时并没有完成,但这次为了收录在初期作品集《园子温导演初期作品集》(2012年11月发行)中,重新编辑完成了。

---

[1] 《前进!电波少年》(進め!電波少年):1992年7月到1998年1月之间,于日本电视台每周日22:30—22:54这一时段放送的综艺节目。以"看想看的东西,做想做的事,见想见的人"为主旨开展各种与当下现实相关的企划,真实地挑战各种趣味内容。它被称为传说中的综艺节目,以现在的标准来看是绝对无法制作的综艺。

靠拍电影是体味不到的，不知道明天将会发生什么的趣味，就是"东京嘎嘎嘎"的魅力。但不知什么时候，这种新鲜感消失了，我觉得自己不过是一个组织者，只是在侍奉暴动的年轻人而已。如果询问八公口前十字路口将电视机绑起来拖着走的年轻人"你在干什么?"，他们会平心静气地回答："我准备去砸烂玻璃橱窗。"成员们在我的房间乱喷灭火器，我为他们组织和摇滚乐手的斗殴……最后事情已经完全失控。

明明是为了让自己扩展而开始的，但最后终于无法持续。所以损耗着自己的财产持续了几年之久的"东京嘎嘎嘎"就这样停了下来。直到现在，在税务所、警察局、黑道中还像电影《搏击俱乐部》（*Fight Club*，1999）或"秘密结社"那样残留着嘎嘎嘎的成员，要把这说成是"新的财产"，那确实也是我的财产吧。如果有机会，我想找演员拍一部以"东京嘎嘎嘎"为题材的电影。

《BAD FILM》2012年上映（1995年拍摄）/ 161分钟
演员：东京嘎嘎嘎
© 2012 Dongyu Club / pictures dept. / Sion Sono

电影,与目之所及的一切为敌
——《现生现身》

那之后,我再次回到了电影的世界,装点我独立电影时代最后时刻的作品是《现生现身》。制作这部电影的契机,是我收到爱知县美术馆以"身体"为主题进行创作的委托。提到以"身体"为主题的电影,当时我只能想到敕使河原宏[1]的《他人之颜》(他人の顔,1966)以及拍出《听我说》(*Hécate*,1982)的丹尼尔·施密德(Daniel Schmid)的一系列艺术性探索。所以我决定从自己视为对

---

[1] 敕使河原宏(1927—2001):日本导演、插花家、陶艺家。父亲是著名插花流派"草月流"的创始人敕使河原苍风。他本人亦参与了战后著名艺术空间"草月艺术中心"的诸多活动,是实验电影发行创作团体ATG的早期成员。电影方面以改编安部公房原作的一系列电影最为著名,包括《砂之女》(1964)、《他人之颜》(1966)等。

手的平野胜之和Baksheesh山下的AV以及"电波少年"的通俗话题中，逼近"身体"这一主题的真面目。

《现生现身》完全是一部乱七八糟的电影。摄影师荒木经惟、舞蹈家麿赤儿、时装设计师荒木真一郎在其中出场。观众刚觉得这是关于三位艺术家如何思考身体的纪录片，转眼我就加入暴走的女子高中生与关东煮男店长之间无秩序的纯爱的虚构故事，两者浑然一体、相互融合。最后的结局血肉模糊……哪些是虚构，哪些是非虚构，已经完全无法分割。《现生现身》掏出了当时那个我的全部。

基本上，大部分电影，除了"电影"其他什么都不关心。大部分电影人，不关心综艺节目和AV，只知道探索被称为"电影性"的那种来历不明的东西。后来我在拍摄《恋之罪》（恋の罪，2011）时再次强烈地感觉到，不把和电影相关的众人目之所及的一切都当成对手，就无法成长。电视剧也好，AV也好，艺术也好，甚至此刻窗外的风景，全部与电影处于同等地位。"电影就是电影"这种试图将电影独立出来的想法是不行的。

比如，说出"今天这部戈达尔电影里的夕阳拍得真好啊"的影迷们，恰恰会无视现实中的夕阳。但重要的根本不是电影里的夕阳，而是在现实中闪耀着的那个夕阳。电影并不是一个自律的系统，也没有可以定义电影的理论框架和不言自明的规则。所以,我不喜欢"电影性"或者"电影史"这种词。

摇滚乐也是一样,在说出"摇滚性"或"摇滚史"这种词的时候,"摇滚"就已经变成一个封闭的范畴而完蛋了。毕加索不也很讨厌被称为有"绘画性"吗,甚至他就是为了被这样说的人嘲笑才一次又一次破坏绘画,这是我对毕加索的理解。所以,比起被称赞"这就是电影",我更愿意被非难"这太不电影了",将这个"不"的部分挖掘到最深,对我来说才是有趣的。

将欲望在电影中燃尽即可

《现生现身》在一片惨淡中结束也就算了，我的不幸更是接踵而至。当时刚搬进去的浅草的家因为发生火灾全都烧掉了。早上起来天花板坠着毛茸茸的白色云朵，我以为自己看到了天堂。人生完全坠入谷底，时值四十高龄的我得再次回到四叠半蜗居。很巧，这时我作为文化厅新进艺术家研修员可以去美国留学，于是怀着一切从头来过的念头向着美国出发了。

如果没有这段经历，我不会成为现在这个我。虽然这段所谓的"经历"，简直是流浪汉一般的赤贫生活。好像是从洛杉矶去旧金山途中，我丢失了身上所有的钱，在目的地旧金山租的租金三万日元的廉价公寓，也在之后转让。我过起了杰克·凯鲁亚克《在路上》一般的流浪生活，也就是走投无路,只好在超市的购物车里放行李就在旁边就地睡觉。

某个半夜在唐人街还是哪里的街上睡觉时,一个看起来特别有钱的白人男子走过来,在我面前丢下好多百元美钞转身就走。这简直是老天的恩惠吧,但当时我故作清高,喊着"我才不要你的钱"扔了回去。虽然内心哭着觉得"好可惜啊……",但能拒绝这种诱惑也是因为"总有一天会成功"的自尊依然活在身体某处。我鼓励自己:"伟大的人都会当一次流浪汉!"

还住在旧金山的公寓的时候,我整天泡在隔壁的Z级电影(连B级、C级的界限都超越了的疯狂电影)录像带出租屋里。如果说罗杰·科曼(Roger Corman)的《异形征服世界》(*It Conquered the World*,1956)还算是"优秀的B级片",那我看的"在性与药物中腐烂的女生宿舍满是血浆"式的电影,完全就是"来者不拒"式的最劣质类型。

每天沉浸在连《映画秘宝》[1]都不会介绍的VHS[2]作品中,我突然顿悟了。哪怕是最劣质最低等的电影,只要把自己的

---

[1]《映画秘宝》:由洋泉社发行的电影杂志,创刊于1995年,现每月20日发行。与其他电影杂志不同之处是会介绍很多B级电影、情色电影。"映画"就是电影的意思,此处保留杂志原名。
[2] VHS: Video Home System的略称,日本于1976年开发的家庭用录影带。

欲望在其中燃烧殆尽就好。这样的话，就不会"欲求不满"。关于电影，我第一次体会到了觉醒的滋味。那是从"应该拍的电影"到"想拍的电影"的转换。

独立电影时期，我真的认真研究过安德烈·塔可夫斯基[1]和戈达尔的电影，以至于产生了分裂，渐渐向着与自己的欲望和人生的愉悦相反的方向前进。恐怕是想获得别人的褒奖和好评这种自恋的想法在作怪。但小时候我确实为瑞士情色电影中的乳房心动，为《驱魔人》中飞溅的秽物兴奋过。所以，就应该释放自己从电影中获得的原始感动，只要是自己喜欢的东西，全部揉碎融合不就好了。"如果喜欢乳房，就毫不遮掩地露出来"，我接收到的启示可以总结成这句话。

回到日本以后，拍商业片（可以正式上映的电影）吧。但不要拍摄讨好别人的色情，哪怕会让别人厌恶至极也好，只拍自己想拍的东西吧。没有像样的战术，总之揣着"拍摄没有色情的娱乐电影"这一决心，我回到了日本。这之后拍摄的第一部电影是《自杀俱乐部》。已经40岁的我，又住进了阿佐谷的四叠半房间。但当时的自己觉得，未来还很长。

---

[1] 安德烈·塔可夫斯基（Andrei Tarkovsky, 1932—1986）：苏联电影导演、歌剧导演、作家和演员。被誉为爱森斯坦之后最伟大的苏联导演，以隽永而深刻的影像名垂影史。代表作包括《飞向太空》（1972）、《潜行者》（1979）、《乡愁》（1983）等。

在新宿站拍摄54名女子高中生集体自杀
——《自杀俱乐部》

《自杀俱乐部》以极为惨烈的镜头开场。下班高峰期的JR新宿站,女高中生们一边聊天一边聚集。54名女高中生手拉着手,在月台一字排开,下个瞬间,就伴着"一二,一二"的口号,一起跳进了列车疾驰的铁轨中。巨量鲜血向人群飞溅而去,车站完全化作惨烈的地狱图。集体自杀,是这部片子的主题之一。

这个镜头是在真实的新宿站以游击方式拍摄的。电影的设定是54名女学生,但从巨大的新宿站的月台看起来就像只有30人左右。所以我召集了100名真正的女高中生,但因为她们是普通学生,所以完全不知道是要做什么,都在窃窃私语。我从隐蔽的方位用35毫米胶片拍摄了她们喊完"一二,一二"马上要跳下来为止的画面。

虽然每天都很小心,但是摄影机、录音机、麦克风等器材还是被发现,连人一起被带到了新宿站站长办公室。我撒谎说:"我们这种铁道宅真的特别想用正经设备拍摄中央线啊。"对方问:"那月台上的女学生是怎么回事?"我就回答:"修学旅行的学生吧。"这样蒙骗了两三天,最终还是进行不下去,只好到中野站补拍剩余的部分。

"54名女高中生在新宿站集体跳轨。"虽然这个企划在制片公司和发行公司都顺利通过,但如今回想起来,我觉得它其实和"东京嘎嘎嘎"时期一样,是把让人诧异的突发事件塞进电影里的做法。毋宁说,它是一种"用会被厌恶的程度去惊吓他人"的单纯欲望。

在这部电影中,集团自杀是通过网络扩散的。时值2002年,宽带也好,社交网络也好,都尚未普及,可以说网络还处在隐藏着诸多不可预测性的神秘阶段。我预感接下来的时代人们会利用网络来做些什么,所以起意拍摄了"网络社会"。而利用网络搞集体自杀的流行,则是《自杀俱乐部》上映后好几年的事了。

我的电影里经常有流血场面,甚至让人觉得"怎么这里也要流血",所以有人评价"园子温的电影都是血"。这么做当然和我喜欢血腥暴力电影(splatter movie)有关,但另一方面也因为在我看来鲜血和诗歌是一回事。我讨厌在现实中看到自己和别人流血,但是喜欢电影中的血。这或许相当于讨厌现实中的枪战,而喜欢电影中的枪战。

如果有"夕阳如鲜血一般赤红"这样的诗句,那么电影要如何表现"像鲜血一样赤红"呢?或者说有"受伤的心像流血一般"这样的比喻,那么电影是直接用血这东西本身去表现。在《自杀俱乐部》中,女高中生被列车碾碎后如烟花一般迸溅的鲜血,是以诗歌的姿态登场的血。也就是Poem(诗歌)。直到现在我都会自己准备血浆,自己在现场布置。在诗歌中使用的比喻,被我像文字那样汹涌地注入电影之中。

《自杀俱乐部》2002年 / 99分钟
演员：石桥凌、永濑正敏、麿赤儿等
© 2002自杀俱乐部制作委员会

在好莱坞让电影大卖很有趣

《自杀俱乐部》刷新了当时新宿武藏野馆的观影人数，变成了超级大热门。这部我首次和主流制片公司合作的"处女作"，可以说是成功了。甚至在日本之外的地区也非常受欢迎，这点尤其让我高兴。比如悬疑恐怖片《人皮客栈》（*Hostel*，2005）的导演伊莱·罗斯（Eli Roth）就在采访中说过自己受到了《自杀俱乐部》的影响。不过，在日本的影评家中，这部电影收获了彻底的厌恶。（虽说我就是想被厌恶才拍的，这样的结果理所当然。）他们的主要观点之一是"没有阐述自杀动机"，但在我看来，很多自杀之所以让人觉得毛骨悚然就是因为根本"搞不懂动机"，所以完全没有去反驳。

在影片中也是，虽然与事件相关的自杀人数会反映在某个网站上，暗示网络上藏有什么秘密，但这个俱乐部究竟是如何组建又如何传播信息的完全看不透。我觉得这就是奥姆真理教事件之后，飘荡在我们周围的现实。松本智津夫被当成犯人判了死刑，但事情根本没有搞清楚，残留着社会"无法理解的诡异"。这部电影就是要把社会的诡异幼苗全部挖掘出来，夸张地展示一番就结束。

围绕电影，日本和国外的评价完全两极，也是一个非常有趣的文化现象。在大众文化方面，日本和世界经历了不同的历史。反基督的世界级摇滚明星玛丽莲·曼森（Marilyn Manson）不可能像南方群星[1]一样在日本收获人气，反过来说，J-POP也无法在国外大受欢迎。音乐也好，电影也罢，因为日本文化和世界之间的鸿沟越来越大，所以我想今后越是在日本大受欢迎越是不会在国外成功的电影会更多。

在日本，会关注国外的导演并不少。但对我来说，因为国外电影节的评价会对日本国内的评价产生影响，所以必须要去关注。如果不在国外拿个奖、镀个金，大部分日本人都不会看你一眼。但说实话，戛纳也好，威尼斯也好，柏林也好，我对这些国际电影节本身根本没兴趣。虽然为

---

[1] 南方群星：日本著名乐团，1978年出道，团长、主唱为桑田佳佑。从艺生涯超过40年，是日本最有大众影响力的乐团之一。

了推销电影不得不去，但我真正想做的事还有很多。

如果日本电影在戛纳得了大奖，在日本是个大新闻，但对海外来说其实不是什么话题。就像奥运会如果不是日本人而是其他国家的谁拿了金牌，我们根本就不会关心一样。《入殓师》（おくりびと，2008）拿到了奥斯卡（最佳外语片），所以掀起了话题，但如果换其他国家的电影拿奖，那么谁都不会关心吧。与此相比，日本导演去好莱坞，在那里拍电影并在全世界大受欢迎才比较有趣。要在国外决一胜负应该是用这种方式才对。

另一部我拍摄的猎奇电影《神秘马戏团》（奇妙なサーカス，2005）以近亲乱伦和家庭暴力为主题，在当年的柏林国际电影节通过观众喜爱度投票获得了"柏林新闻读者审查奖"。在日本连续五六天都没有一个人来看的凄惨作品，居然在相当于日本的"东京新闻"这样的国外媒体获得读者投票第一名。虽然我也觉得"应该是《永远的三丁目的夕阳》（ALWAYS三丁目の夕日，2005）这样更符合大众审美的电影获得第一吧……"，但如果直接与欧洲的电影文化相遇就能理解这个结果了。

因为《黑暗中的舞者》（*Dancer in the Dark*，2000）而为人所知的丹麦导演拉斯·冯·提尔（Lars von Trier）在日本国内占据着"异端、变态艺术家"的位置，不知道在租碟店能找到几部他的作品。但在北欧、英国等欧洲地区,他那部开场就是夫妇两人做爱正酣时儿子掉落而死的《反基督者》(*Antichrist*,2009)简直相当于吆喝着"现在九欧元"的大众产品,是和口香糖一样在超市的货柜上堆成山似的售卖啊!也就是说,置换到日本,拉斯·冯·提尔的作品相当于《海猿》和《跳跃大搜查线》这些娱乐作品。《神秘马戏团》在这样的地方得到读者投票第一,简直理所当然。

拍恐怖电影就要以超辣咖喱为目标

只要电影开拍,就少不了"制片人"。制片人需要调配拍摄资金、选定导演及其他工作人员、联络发行商,是负责处理一系列综合性管理工作的职务。不过幸运的是,我并没有被制作人针对电影内容施加过这样那样的压力。不知道是幸运还是不幸(虽然这么说,但这件事情终归是种不幸),可能因为我的电影都没什么资金。预算超过一亿日元的片子几乎没有。可以说,我的电影预算可以容许我任性。

当然,在拍摄过程中制片公司会针对作品有一些严格的"订单"。但要说支撑着这些"订单"的"大卖理论"到底正确与否,在我看来,则都是值得怀疑的东西。《长发》(エクステ,2007)这部作品,讲述含冤而死的少女的黑发以残忍的方式谋杀女性的故事,是一部异色恐怖商业电影。当时电影公司"请拍摄超级恐怖的恐怖电影"的企划燃起了我的斗志,结果没多久对方的要求就变成了"可能有人会抗拒太过恐怖的东西,所以请拍摄那种并不是特别恐怖但会在街谈巷议中被说成超级恐怖的电影"。我已经一头雾水了,结果最后又多了"加入浪漫的元素""要展现让人落泪的亲情"等要求,完全变成一团乱麻。

这种毫无重点,五花八门犹如"幕之内便当"[1]的作品是最糟糕的。小看拥有地下小众爱好的人是不行的。如果一家咖喱屋能做出超级辣、超级美味的咖喱,那喜欢咖喱的同好自然会涌来。为了笼络更多客人而刻意做出味道保守的咖喱,口味反倒毫无新意,谁都不会来。

---

1 幕之内便当:最初为草袋形的饭团与菜肴搭配在一起的便当,为了便于戏剧幕间简单食用而设。明治后,作为铁路便当的一种广受欢迎。

在好莱坞学到的电影法则

在我看来,自己真正的商业电影出道作是《爱的曝光》(愛のむきだし,2008)。因为这部作品的成功才有了现在的我,可见它对我有多重要。但这部电影开拍前的美国之行,其实更重要。因为《长发》的失败,我决定"再出国一次",闯入好莱坞找机会。什么门路都没有,但我当真冒昧敲开制片公司大门提议:"请让我拍电影。"

由《人体蜈蚣》(*The Human Centipede*,2010)这部美国电影的主演北村昭博君充当翻译,虽然连像样的企划都没有准备,但我们两个人就这么去闯荡了,可想而知表现当然不好。坐在我们对面的制片公司大佬扔过来一本东西,说"至少把这个读了!"那是一本类似《好莱坞电影十则》的成功秘籍。当时在现场的我们说了"谢谢"就离开了，我明白不准备计划是绝对行不通的，一回去就通宵研读这本书。

那本"教科书"写得非常详细，简直写尽了"电影的一切"（至少看起来是这样）。"开场三分钟介绍完主要人物""之后的五到十分钟在两人之间设计波澜""之后五分钟内反面角色突然登场""30分钟有一次休息调节"……写满这种"成功"剧本拥有的套路。我将它当成金科玉律来设计故事，每天登门推销。好莱坞的圈子很小，没多久"听说有个笨蛋日本人抱着故事到处找公司投拍"这样的传闻就炸开了花。之后不知怎的，我连20世纪福克斯的大佬和MTV的副社长都见到了。

根据教科书设计的第一个方案，是美国女高中生啦啦队来到日本和武士僵尸对决的故事。我向20世纪福克斯的大佬说明"这部电影的卖点，就是打架的时候一定要不经意从迷你裙下露出内裤"后，对方虽然回我"What?"，但也反过来抛出"用3D的话可以表现出迎面而来的风"这种好莱坞风格的提议。当时还没有能配合放映机的3D电影，但这位重要人物却说："几年后3D电影会流行起来。不，我会让它流行起来。"浪潮并不是自然形成的，是意识到五年、十年后的市场，而也想让我加入制造3D这个浪潮才如此提议的。

方案在推销正酣时还会即兴生成。就算能见到MTV副社长，会面却连一个小时都是奢侈。被问到"没有别的方案了吧"的时候，当然要装作还有的样子焦急地抛出"还有一个珍藏的方案"。对方当然会说："那个故事说出来听听。"我在骑虎难下的处境里迅速在脑中搜索点子，顺势就讲："有一个名叫南希的女性在小村子里发现了15具尸体。""然后呢？""然后，对，然后……"

完全当下现编剧本。讲到一半实在编不下去，我只好逃避说："后面都讲出来太浪费了。"结果对方居然说："我想看，你尽快把剧本拿过来。"我只好当天晚上拼了命写一个《南希》的剧本出来。在这种训练下，我做出了大量电影方案。其中有一些，到现在都很新鲜。虽然好莱坞有很多剧本教科书，但遵循它们去写，也只能写出大量差不多的好莱坞电影罢了。

以纯粹的变态为主人公制作纯爱故事
——《爱的曝光》

来到好莱坞直接经受商业电影路线的洗礼后,我明白了自己想拍的东西完全不符合对方的期望。在好莱坞,我并不想用艺术,而是想用斗殴、恐怖、内裤、乳房决一胜负。《爱的曝光》就是注入这种热情后制成的电影。据说在全世界都有很多狂热粉丝的《福禄双霸天》(*The Blues Brothers*,1980)导演约翰·兰迪斯(John Landis),偶然在儿子房间为《爱的曝光》的DVD驻足后,居然就那么站着一口气看了四个小时。这件事让我非常开心。因为我认为这两部电影都具有某种荒诞的力量。

《爱的曝光》的主人公洋子(满岛光)打架非常厉害,片中把露出底裤当作卖点是延续在美国推销过的"女高中生VS武士僵尸"方案,但如这部电影的片头字幕所示是"根据真实事件改编"。片中故事来自一位与我相交二十多年的老朋友的经历,后来当了AV男演员,被称作"盗摄专家"。他曾在妹妹加入统一教会以后,利用自己的变态能量帮其脱离了邪教。他用来说服妹妹的那句"回到这边的世界来啊!",曾让我的脑海一片空白。变态和邪教,究竟哪边比较好,我也不知道,但下决心要据此拍出非常有趣的作品(虽然从听到这个故事到决定拍成电影已经过了十年)。

那位朋友在电影中化身为优(西岛隆弘),作为"盗摄专家"是个纯粹的变态。他会藏在草丛里偷拍等待公交的水手服女高中生,怀着类似观赏鸟类的纯洁心理,从来不觉得自己是变态进而遭受良心的谴责。他对真正的性行为恐怕也没有兴趣。

因为他是这种性格,所以当妹妹加入统一教会以后,甚至比普通的牧师更努力地钻研《马太福音》,对自己进行理论武装。但知识最终也没派上什么用场,最后,他向妹妹发出了"你不退会我就不吃饭"的绝食宣言这才使对方投降。我认为能纯洁到这种程度的变态力量几乎就已经可以被称作纯爱了。为了实现纯爱电影的构想,片中洋子的设定,并不是亲生妹妹,而是后来才搬入优家,相当于妹妹的存在。

在虔诚的基督教家庭成长起来的优,和自己一直苦苦寻觅的"玛利亚"洋子奇迹般相遇了。这条主轴和新兴宗教"零教会"的信徒小池(安藤樱)纠缠在一起,电影的故事就此展开。毕竟整个影片有237分钟(四个小时),要一句话概括剧情是不可能的。在电影院上映时,即便必须采取中场休息的特殊放映模式,也毫不妨碍狂热的观众涌来。

2008年影片在"东京新作家主义影展"[1](获得观众票选奖)上映后,问答环节甚至有兴奋地告白"园子温,超爱你!!"的观众。之后又在当年的柏林国际电影节上映,同时获得"新电影论坛最佳影片"(颁给以创造性手法描绘了革新性主题的作品)和"国际影评人联盟奖"(费比西奖)。至此,我终于感到稍微开拓出了属于自己的道路。这已经是《自行车叹息》之后大约20年了。"总算到了这里,因为如此艰难,所以更不能认输,要更加努力。"就是这份信念,支撑我到现在。

---

[1] 东京新作家主义影展:业界也习惯使用英文"Tokyo Filmex"。2000年由北野武工作室创办,每年11月在东京举办。鼓励"作家主义",主要以亚洲为中心选片。

《爱的曝光》2008年 / 237分钟
演出：西岛隆弘、满岛光、安藤樱等
©《爱的曝光》Film Partners（フィルムパートナーズ）

比起未来的杰作，更重视与未来相连的现在

我经常被问到究竟是怎么让《爱的曝光》这个长达四小时的企划通过的，其实只要佯装目前还不确定最后效果就行了。虽然当年那本封面黄色、厚度惊人的剧本曾一度被称作"电话查询簿"，但在我表示"剪辑之后成片应该会在两个小时左右"后，方案就通过了。其实剧本基本上以每天十页的体量在增加，所以我完全清楚这会成为一部四小时的大作。但因为我坚信最后的效果会非常有趣，所以觉得大家最后一定会妥协。作为导演，必须要有这种能力。只要脑中浮现了最终的画面，那为了实现它，什么谎话都得会说。

麻烦的是预算很少，拍摄周期也非常短。（最后大概用了五周。）我每天要考虑的事情，就是在一天内如何完成二三十个场景的巨大拍摄量。结果电影已经开拍，堪景却只进行了一半。只能早晨坐上器材车开往或许可以拍摄的地方，然后现场决定怎么拍。各方面都已经问题多多，没空去关心琐碎的地方可以说是不幸中的万幸。

我不想把"预算不够"当作"拍不出有趣东西"的借口。拍摄《爱的曝光》可以说是一项将不可能变成可能的有勇无谋的挑战。而促成这一"可能"的关键就是一定不要有"这部电影会成为杰作"的态度。一旦有了"只要能拍完这个，死也无憾了"的想法，负担就会过重，不论是精神上还是事业上都会陷入僵局。"总之先做吧，下一步自然有办法"的态度更可取。比起担心未来的作品精度，更应该为了未来重视自己的当下。任何事情都是迈向"下一步"的支点，我们永远都处于过程之中。

史蒂文·斯皮尔伯格的作品中，我认为《大白鲨》最有趣，因为这部作品背景中也有同样的状况。片场一片慌乱，气氛很差。听说连主演理查德·德莱弗斯（Richard Dreyfuss）都透露"这次要失败了"。拍摄最后一个场景时，斯皮尔伯格甚至害怕剧组人员杀青后对他发火，所以提前坐飞机离开了。

正因如此，《大白鲨》反倒像是打开了许多通风口一般，丝毫没有《辛德勒的名单》（*Schindler's List*，1993）那种沉重而窒息的感觉，轻盈而通透。如果预算和时间都很充裕，《爱的曝光》将会成为完全不同的作品（虽然这么说，但其实不可能）。我不是库布里克那样的"完美主义者"，而是更倾向于拍出了《德州电锯杀人狂》(*The Texas Chain Saw Massacre*，1974）的托比·霍珀（Tobe Hooper），以及一部接一部产出作品的赖纳·维尔纳·法斯宾德[1]，那样秉持"刹那主义"的人。

---

1 赖纳·维尔纳·法斯宾德（Rainer Werner Fassbinder，1945—1982）：德国导演、演员，德国新电影代表人物。他短暂的一生共拍摄了41部电影，且大多自己编剧。

扔掉演员过去的"抽屉"

有人评价我对演员的演技指导是"穷追猛打"。但我只是想让看表演的观众发出"这演员好厉害"的感叹才比较严格而已。要说我是在对演员本身发怒,不如说我只是想拍出"演员都很厉害的电影"罢了。如果是像点点先生[1]那种什么都不用说就能演得很好的情况,我根本就不会"穷追猛打"啊。我只是基于"明明可以更有趣的,好可惜啊"这样的自然情绪而"穷追猛打"。

在《爱的曝光》中饰演洋子的满岛光,有一场朗读《圣经·新约》中《哥林多前书》的戏。很多人觉得那场戏令

---

[1] 点点先生:日本著名搞笑艺人、演员。点点是他的艺名,本名绪方义博。他出演了园子温的影片《冰冷热带鱼》,并以此斩获众多日本电影奖的"最佳男配角"。

人印象深刻，但我并没有针对这场戏向她提出特别的要求。这场戏的效果，只是开拍最初的一周里我不断施行"你这也算演员吗"的严厉逼迫，从而激发她"不能被导演看扁了"的要强心理自然而然达成的。

在《纪子的餐桌》中饰演由加的吉高由里子也差不多。第一场戏的第一个镜头是最重要的，只要在那次逼迫中确立了心理构造，那之后的表演就会越来越顺。满岛光的第一场戏第一个镜头为了达到我需要的演技，不知道重复了多少次。剧组成员也会累，那就休息之后再来。让演员如入地狱，也是"通过礼仪"的一种。吉高的第一条也充满了数不清的"再来一次""再来一次"，仿佛能一直持续到永远。

好像是在第12条还是第23条达到了我的要求。通过不断重复同一个镜头，我看到了"究竟能达到什么程度"的可能性，演员也消除了自己"如果按平时的习惯到这个程度就差不多了"的界限。一旦彻底摧毁了过去的自己，就能做出至今为止在其他导演面前没有表达过的演技。我会在这种时候，献上一句"OK!"。

在《气球俱乐部，自那之后》中，永作博美饰演了因车祸死亡的主人公的恋人。她的最后一场戏用长镜头拍摄，也是重复了很多次。"还不行吗?""还要再用力些?"她不断地问。"更深入一些""还可以更厉害!"我不断地回答。结果拍完最后一条最佳表演,她还一直在哭。"要的就是这种状态吧。"像这样让演员把过去的"抽屉"扔掉,为了催生新的抽屉而制造出具有紧张感的空间非常重要。

为了达到这个目的,哪怕导演和演员之间没有什么温馨的关系也无所谓,拍完就互相厌恶也无所谓。我讨厌在首映式的舞台问候中听到"导演人真的很好""片场真的很融洽很愉快"这种话。观众可一点都不愉快。"片场简直糟糕透了,我每天都不想去,非常讨厌导演。"这种发言才好。"片场很辛苦",这是严肃地面对电影拍摄的证据。"还有三个镜头这个场景就拍完了,现在已经凌晨3点。"一般导演遇到这种情况肯定会放弃,但我会继续。演员也好,剧组也好,我自己也好,全都很辛苦,但为了拍好这个场景,只有如此。

从某种意义上来说,我可能只想着"电影好就行",但每次为了和演员磨合还是要消耗大量体力。拍摄的时候,我每天有没有睡到一个小时都是问题。听说拍摄《爱的曝光》时,饰演优的西岛隆弘,每天晚上回到家都穿着鞋子倒在玄关睡着,第二天早上再原样爬起来去片场。听说当过我副导演的女导演去了别的片场,周围人说某场戏"好辛苦啊"的时候,她回说"园子温的片场每天都这样",

让众人受到了极大的冲击。虽然我没见过别的片场所以不知道,但我的片场应该是真的非常辛苦吧。

从被委托的部分中孕育出新鲜的元素

能让如此放纵的拍摄维持下去，重要条件之一就是能对你说出"做什么都可以"的制片人们的存在。大部分制片人都会担心过激的表现不被大众接受，会担心电影的内容和预算无法平衡，会试探着说"这次还是考虑简单一点吧"。但我很幸运，每当这种时候都会出现一个把事情全权交给我自己处理的人，让我用自己的方式决一胜负。

不光是我，大部分人在听到别人跟自己说"按你喜欢的来"时，才会在巨大压力下抱着"不管怎样都要成功"的心情去努力。跟着"要这样、要那样"谨慎施加命令的人，自己也会萎缩成"差不多做一做就行"的状态。

这和我的演员论也很有关。一般的片场会在灯光和摄影精心搭好设备后，让演员在其中彩排。但是这种僵硬的做法会导致灯光和摄影提醒演员"不要进到这边!""再往前三步""眨一次眼",这类提醒会非常打扰表演。周围都是这种指示的话,演员的状态自然不会高涨。

在我的片场,会让演员自由活动,让演员先考虑想在这个场景中做什么。在看过演员的走位之后,再让照明和摄影迅速搭好设备。如果交给演员判断,对方会在我们给予的自由中展现新的演技,这很有趣。我经常起用新人演员,因为"白纸"可以孕育出优质的果实。在拍摄《庸才》(ヒミズ,2012)时,我为了创造出能让染谷将太和二阶堂富美自由发挥演技的环境而煞费苦心。也因为这样,两人在威尼斯电影节上双双斩获"马塞洛·马斯楚安尼奖"(新锐演员奖)。

和剧组工作人员的关系也一样。在我的片场,除了清洁和运输,其他哪怕最边缘的人也是"创意提供者"。我的片场并不是凡事以我为中心,工作人员只有追随在周围的份儿。我会经常问片场的小毛孩"有什么点子吗?",甚至用这种方式来决定最后一场戏的重要台词。创造出大家能畅所欲言的空间,就能激发出事先无法预测的想法,我想这些时刻也充当着高压拍摄时间的放松阀门。

在片场还有一件重要的事,就是要信任包括新手在内的演员和工作人员。2010年的美国电影《冬天的骨头》

（*Winter's Bone*）预算换算过来只有两亿日元，并且大胆起用无名的演员，结果获得四项奥斯卡提名，还在圣丹斯及柏林国际电影节上获奖，受到了全世界影迷的关注。大热的电视剧《急诊室的故事》（*ER*）和《24小时》中也几乎看不到名演员。但让习惯依靠人气演员和综艺演员的日本大片起用无名演员当主演是不可能的。但是，如果不努力激发演员的未知能量、挖掘新人演员的魅力，电影会逐渐失去"新鲜"，故事的力量也会衰败。

第三章

电影是令人觉醒的快乐

"血缘"才能造就最强的戏剧性

在《爱的曝光》之后,我连续拍摄了《冰冷热带鱼》(冷たい熱帯魚,2010)、《恋之罪》(恋の罪,2011)、《庸才》。如今回头去看,我意识到这三部作品都是以"家庭"这一小小的血缘共同体的崩坏为故事主轴。《冰冷热带鱼》中是经营热带鱼店铺的社本一家(吹越满、神乐坂惠、梶原光);《恋之罪》中是小说家的妻子(神乐坂惠)、精英大学副教授(富樫真)、女警察(水野美纪)三位女性的家庭;《庸才》中则是十五岁的住田(染谷将太)、茶泽(二阶堂富美)两人各自的家庭。

这种巧合并不是出于什么信仰式的执着,而是注意到的时候已经成形。另外,我最新的电影《希望之国》(希望の国,2012)其实讲的是核电站的事,结果看过的人却都说是"父亲和儿子的故事"。就像写什么都会情色化的作家一样,在作品中浓墨重彩地描绘家人间的血缘关系或许已经成为我的癖好。我对公司同事之间的浪漫爱情故事完全没兴趣。因为在我心里始终坚定地认为,比起"羁绊",在岁月中绝不会磨损消失的"血缘"才更有戏剧性。

有一位朋友曾对我说"你的电影里经常出现家人一起吃着饭菜的诡异场景"。但我不这么认为。例如《纪子的餐桌》最后,也有大家一起吃着美味"寿喜烧"的镜头。但在《冰冷热带鱼》的开场,一家人沉默地咀嚼饭菜的阴郁餐桌或许确实预示着这个家庭即将分崩离析的未来。以我自己的经验来说,在充满疏离感的餐桌上,不管摆放着多么美味的食物,吃的人都不会觉得好吃。

我还在老家的时候,曾经憎恨父母到甚至想用金属球棒把他们杀掉的程度。那源于疏离感。明明是毫不融洽的家庭关系,却在表面上维持着平和,无视可以改善的方法,完全将视线移开。在《纪子的餐桌》中,有一个象征性的场景是母亲在画画,画中包括吹石一惠饰演的主人公纪子在内的四个家人都面带微笑,看不出一丝阴郁。

因为谁都不愿意直面家庭的问题,所以只好屈服于"表面的幸福"。不,是让自己屈服了。所以纪子也好,我也好,都因为拒绝成为成熟的家庭成员而擅自离家出走了。我们仿佛没有从童年"毕业"就"退学"了。在我的心里,至今仍然有尚未顺利毕业的父子关系、母子关系。我将这些在自己的电影里重现并摧毁(杀死),或许只是想体验在真实人生中没有经历过的东西。

《纪子的餐桌》2006年 / 159分钟
演员：吹石一惠、鹈、吉高由里子等
DVD已发行，售价4935日元
发行商：Geneon Universal Entertainment（ジェネオン・ユニバーサル・エンターテイメント）
© 《纪子的餐桌》制作委员会

不要开成特别的花，而要开成特殊的花

不止纪子，在我作品中登场的大多是破坏家庭的特殊主人公。比如瞒着丈夫沉迷卖春的妻子，为亲生儿子准备上吊工具的父母。但是，她或他，真的"特殊"吗？要问我的真实想法，那么我认为没有任何人是不特殊的。

虽然旁人看不出来，但只要作为父（母）子、夫妇一起生活一段时间，就会意识到，哪怕大家只是想追求稀松平常的幸福，也无法成功。也就是说，大家都无法成为一个"平均家庭"。可偏偏大部分人还是愿意相信"只有我家很正常（平均）"。就像《纪子的餐桌》中的那幅画。那种画中描绘的幸福根本不存在，但在不知不觉间大家都认领了拼命扮演幸福家庭的义务，甚至产生了错觉，眼中再也看不到自己家庭的特殊性。

能看穿这种虚伪的，是小孩的视线。《冰冷热带鱼》中傲慢的小孩、《纪子的餐桌》中的姐妹都是想告诉所有人"国王有一对驴耳朵"。他们一直知道"国王没穿衣服"。但是这位"国王"对自己这副样子佯装不知，反倒训斥小孩子"把衣服穿起来"，而最终小孩道出真相的行为却被当成叛逆。

也就是说，小孩厌恶扮演"幸福的家庭"。所以才有扮演优等生的孩子高中毕业来到东京后性格大变的事。能对"家庭"这个舞台装置的真相进行攻击的一直都是小孩。《冰冷热带鱼》拥有冲击性的结局，即使父亲从内心发出嘶喊，对女儿来说也已经是完全无所谓的事情了。所谓"家庭"，本来就很怪异。我想以最更进一步的形式去提醒各位这件事，去背叛观看的人。

任何一个家庭，都很特殊。但要从家庭内部解决问题恐怕很难吧。在SMAP的《世界上唯一的花》中，反复唱着"谁都是唯一而特别的花"，却不会去唱"谁都是特殊的花"。所谓"唯一的花"，看似无可替代，但这个人拥有的幸福其他人也能体会。但这朵"花"里并不包含这个人特有的恶毒、不幸、诅咒等不被视为正常人类生存之道的元素。"唯一的花"虽然是特别的花，却不是特殊的花。所谓"特殊的花"，是不被视为个性，而作为异端被排除在和平与幸福的规则之外的人。这就是我从小学开始一直反复尝试、践行之道——"邪道"＝非道之道。

所有的家庭之所以会碰壁，都是因为强调"我们的花"，以此为目标，或是将其插入"花瓶"、用虚假的装置拼命维持着生命期限的。人们相信自己的家庭哪怕特别，也绝不特殊。哪怕家庭内部潜藏着特殊性，也坚信要紧闭双眼不能碰触；这种逃避才是所有问题的所在。如果能革命性地承认自己家庭的特殊，接受它、互相谅解，那么家庭才有可能真正从内部改变。

毫不犹豫地跨过"纪实"

《恋之罪》的故事以发生在世纪末1997年的"东电OL杀人事件"为基础。在东京涩谷区圆山町爱情旅馆一条街的某间公寓中,发现了东京电力的精英女职员(当时39岁)的尸体。被害者在夜晚卖春招揽客人的身份成了媒体话题。当时作为顾客之一的一位尼泊尔男性被认定为凶手,但后来又被怀疑是冤案而在不久前(2012年6月)开始进入重新审理,案件至今仍未解决。

虽然做了很多调查,但可信的资料非常少。所以《恋之罪》放弃"将案件电影化",直接进入了虚构。虽然时代和地点配合了现实,但我想表现的是一则关于"女性"这种存在的永恒物语。电影变成了以圆山町的公寓中发现一具奇怪的女尸开场,围绕每夜卖春的精英副教授、沉迷淫乱的作家妻子、追踪案件并陷入不伦关系中的女刑警这三位女性的爱和性展开，充满狂野和迷醉。

日本电影中，以真实事件为题材的作品不太会深入挖掘其"纪实性"。或许因为日本人拥有在玄关都要脱鞋的纤细性格，所以对粗鲁地"赤脚"直入他人精神世界一事抱有一种道义上的克制。2011年竞争奥斯卡最佳影片的有《国王的演讲》(*The King's Speech*, 2010)和《社交网络》(*The Social Network*, 2010)，最后前者获奖。如果类比成日本电影，则相当于《昭和天皇物语（伪）》和《孙正义物语（伪）》对决。

就像《社交网络》那样，如果美国来拍摄一部《孙正义物语》，那么，哪怕在取得了对方的认同后，也会坦然地偷偷将其设定为反派。如果日本来拍摄，则会像表彰奖励一般创造出一个比本人还优秀的人物，最后影片会变成配不起"纪实"这一名头的广告片。估计会变成"隼鸟号"[1]那种不伤害任何人的感人故事。

我也知道"实际的真相"会产生制约，但就算已经有实际存在之事，我也会搅乱它，将主人公塑造成反面人

---

[1] 隼鸟号：日本的航空探测器，2003年发射成功。围绕它有过很多影视作品，作者没有明确指出是哪一部，但本书写作的2012年3月藤原龙也主演的《欢迎回来，隼鸟号》恰巧公映，本片由松竹制作、发行，影响力较大，推测是专指这一部。

物。我想毫不畏惧地拍摄狂飙突进式的电影。在国外，也有拍摄了很多纪实属性电影的导演，比如马丁·斯科塞斯(《愤怒的公牛》是拳击手杰克·拉莫塔的传记片，《好家伙》以黑手党亨利·希尔为原型，《飞行家》则讲述富豪霍华德·休斯的前半生)，还有亚历山大·索科洛夫(《摩罗神》拍希特勒，《遗忘列宁》拍列宁，《太阳》拍昭和天皇)，就连斯皮尔伯格也拍过《辛德勒的名单》和《慕尼黑》等几部纪实题材的电影。只不过对于他们来说，与其说是在拍"现实"，不如说是在拍"故事"。

《恋之罪》2011年 / 144分钟
演员：水野美纪、富樫真、神乐坂惠等
© 2011《恋之罪》制作委员会

超越共感完全变身为当事人

我拍电影时非常重视"完全变身为当事人"一事。比如,不是"以女性的目光拍电影",而是"直接变成女性本身来拍摄"(《恋之罪》就是这样)。为了做到这一点,必须进行大量取材[1]。读书无法获得实际的经验,必须不断取材。虽然称为"取材",但我既不用磁带也不用摄影机记录,所以并不是真的"取材"。

我理解的取材是听、说、体验,也就是对话。如果用磁带或摄像机记录,很多人就无法畅所欲言,只会回答出接受杂志或者电视采访那样的平凡答案。只有让对方真正

---

[1] 取材:一般翻译成"采访",但日语中的"取材"除了访问本身还有"获得材料"这样一层意思,为了让后文作者的文字游戏成立,此处保留日语。

袒露心声，只有互相理解融合，才能看到真相。这种时候，我已经和对话的对象融为一体，让对方附身于我。拍《恋之罪》时我变成了女性，拍《希望之国》时我和福岛的居民融合变成了住在福岛的人。

新闻报道和纪录片在取材时，会将对方拍入摄像机中，将对方的语言也纳入其中。但是，那些语言都已经是过去时了。"当时，发生了什么什么，怎样怎样了"——绝不会用现在进行时诉说"那个瞬间"。描绘此刻的体验，这是我以现实事件为基础制作"故事"的原因之一。纪录片绝对做不到"活在那个瞬间"。纪录片是倾听别人的话，将这些信息视为对方的所有物来看待，就算人们可以理解这些信息，也绝对不会使其成为自己的经验。

《恋之罪》这种以女性的爱与性为题材的作品，如果以男性的立场去拍摄，就会变成男性向女性提问的无聊电影。那与用男性的视线描绘女性的色情作品没有两样。所以，在我不断进行《恋之罪》取材的过程中，已经比与女性共感更进一步，变成了女性本身。我写剧本时，并非以旁观的语气感叹"女性真是种不可思议的生物啊"，而是一边亲自体验着这种难以解读的行为，一边从内部挖掘着非这样行动不可的理由。

《希望之国》更是显著体现出这种做法的作品。2011

年8月到2012年1月，我在写这部电影的剧本时，不断和福岛的居民对话，在彼此交流、融合的过程中，我已经不再是东京人，而真的完全变成了住在福岛的居民。这和演员的做法很相近。就像罗伯特·德尼罗在饰演拳击手时，和真正的拳击手一起生活，相互融合那样。

我用这种方法将自己想在《希望之国》中展现的东西刻进了剧本。也就是说，让福岛以外的人亲身体会过去只在电视、杂志、书籍上看过的信息。我希望人们明白："虽然我们每个人都知道福岛发生了什么，但从来没有体验过。"与新闻报道只能用过去时讲述"当时发生了什么"不同，活用"故事"最特别的强项，也就是用现在进行时描绘现实，让体验"那时"变为可能。《希望之国》是为了让人们回头去体验"福岛在那一天，究竟发生了什么"而拍摄的电影。

以"埼玉爱犬家庭连续杀人事件"（1993年）为基础拍摄《冰冷热带鱼》时，我很迷茫究竟应该让什么样的当事人附身。能说出"如果能让这些家伙的身体变透明就好了"这种话的凶手村田（点点）疯狂到了谁都无法理解的地步。所以我让被卷入事件的人物社本（吹越满）登场，以共犯的视角创作了故事。这样一来，拍摄的我，观看的你，就都可以成为当事人了。几乎可以说村田登场的每个场景中都有社本。比如在浴缸里肢解尸体的场景。不论多么残忍的场面，我都希望通过社本的眼睛去观看，去体认。

《冰冷热带鱼》 2010年 / 146分钟
演员：吹越满、点点、黑泽明日香、神乐坂惠等
© 2010 NIKKATSU

在觉醒中令人享受的电影

我认为电影特有的功能,或者说电影被期待具有的功能分为两种。一种是缓解对于政治、社会、人生的不满。成为欲望的出口,让其释放,也就是"令人满足的电影"。就像喝着啤酒赶走疲劳一般,看着又唱又跳的印度电影,愉快地忘记时间流逝的情形就属于这类。

另一种,则完全相反,是让人看到不愿看到的黑暗,让人愤怒,让人焦虑,撩拨情绪的逆鳞,让人生出紧张感,也就是"令人觉醒的电影"。就像明明是椅子,却凹凸不平难以入座的冈本太郎[1]的作品——"拒绝被坐的椅子",或者荒川修作[2]的"养老天命反转地"。只不过我在电影中所追求的娱乐性,是既要满足观众,又要让观众觉醒,我希望两种兼备。

最近日本电影界很受欢迎的"把人看哭的电影"或是感人电影也属于令人满足的电影。观众哭泣的样子被拍摄下来在电视广告中反复播出,甚至让人错觉"令人哭泣"就是电影的最高命令。虽然看了、哭了,确实能让人释放吧。

说点题外话,其实过去的大师们几乎没有"令人哭泣的电影"。黑泽明导演的作品中把我看哭的只有《生之欲》(生きる,1952)。今村昌平、库布里克也没有一部令人哭泣的电影。深作欣二的作品中,因为害怕而哭的可能有不少,但让人感动得哭的除了《蒲田进行曲》(蒲田行進曲,1982)就没有了。不过我对只将"把人看哭"这种诉诸生

---

[1] 冈本太郎(1911—1996):日本艺术家,成就丰富,是对现代日本艺术影响最深的人物之一。1930年至1940年他在法国直接参与了超现实主义运动。战后他从日本绳文土器中总结发展出属于日本的独特美学,某种程度上更新了艺术界对于传统的理解。另一项重要的作品则是1970年为大阪世博会创作的太阳塔。

[2] 荒川修作(1936—2010):日本画家。出生在名古屋市,1961年赴美后定居于纽约。1970年开始活跃于世界艺术领域。后文的"养老天命反转地"位于岐阜县养老町的养老公园内,是他和美国艺术家玛德琳·金斯合作的公园设施,可以在整个装置中洄游鉴赏现代艺术。

理的作品视为好电影的风潮很有疑问。

此外，令人觉醒的电影，是展现观众平时看不到、不想看到的东西，让其内心产生震荡。我认为这样的电影也是一种"服务"。法斯宾德和帕索里尼的电影对我来说就是娱乐。

在《冰冷热带鱼》的片名之后出现的富士山，就具备让观众觉醒的功能。说到富士山，一般都会联想到日本画中的红色富士山或松竹电影片头出现的那种美丽景象。但现实中，富士山的周围是一片黯淡阴沉的工业区。从那里看到的富士山，没有人想要拍摄。

我通过拍摄众人讨厌的富士山样貌，想要传递一种信息："我对描绘表面的亲情、浪漫的爱情已经厌恶至极。接下来我要挖出这个社会真正的丑态。"这部电影中充满肢解尸体之类的极端场景，但这些恐怖的场景只不过是道具而已。

在地震后描绘出真实的青春
——《庸才》

在东日本大地震后拍摄的《庸才》，是我第一次挑战"原作改编"。不论从这个层面来说，还是从呼应大地震来说，它之于我都是非常重要的转型作品。这部电影的原作是以《冲啊，稻中乒乓部》（行け！稲中卓球部）获得狂热人气的古谷实的同名漫画《庸才》（讲谈社，2001—2002）。主人公是经营租船屋为生的15岁少年住田，以及热烈爱恋着住田的同班同学茶泽。在惨烈的家庭环境中成长的住田所能看到的梦想就是"普通的未来"。但是以某个事件为契机，他决定将自己的人生当成"附加赠品"，去制裁在这个世界中作恶的"坏人"——因为绝望而没有救赎的结尾，这部作品被当作异常阴暗的问题漫画为人所知。

但我无法把它当成阴暗的作品。虽然之前两部作品，《冰冷热带鱼》和《恋之罪》都是非常重口的故事，但这部作品我想制作成《两小无猜》(Melody, 1971)那种描绘小孩之间清爽恋爱的青春电影。所以我把作品中出现的性爱段落都删减了，想要表现单纯为人生而苦恼的青春。但是，在剧本快要完成的当口发生了"3·11"，地震、海啸、核电站等一系列事件接踵而来，我的想法改变了。

极端一点来说，因为发生了大地震，原作中描绘的"2001年的真实青春"和我想据此描绘的"2011年以后的真实青春"变成了完全不同的东西。虽然很难说2001年是多么和平，但从现在来回望，当时的社会确实飘荡着一种平稳安定的氛围。但直面了地震和核电站事故的我们，已经生活在了《银翼杀手》(Blade Runner, 1982)一般的科幻世界中。《疯狂的麦克斯3》(Mad Max Beyond Thunderdome, 1985)中在街头检测水污染的场景在眼前上演。

我想借用社会学家宫台真司的话，如果将地震之前的日本称为"没有终结的日常"，那么地震之后，这种"日常"结束，我们闯入了"没有终结的非日常"（虽然在那之后，又开始了新一轮的"没有终结的日常"）。这是一个"今天是0.16mSv[1]，比昨天低"已经成为日常对话的世界。无视这种现实是无法拍摄电影的。所以无论如何，我都必须让地震出现在这部电影中。

虽然重写剧本需要勇气，但这是一种义务。所以和原作极大不同的是，我将故事设定在了地震发生后的世界，将具体场所设定在了离灾区不远的"某处"。在片中没有给定明确的地名，就是为了不让观众产生心理距离。不管怎么说，已经设定要表现地震，那就没有理由不拍摄灾区。于是，我们实际前往灾区拍摄了。拍摄到的画面便是《庸才》的开头，绵延而持续地展现广阔废墟的长镜头。

这是地震发生后已经两个月的2011年5月下旬，在宫崎县石卷市的海岸沿线拍摄到的。虽然稍微被收拾过，但街道还和3月一样保持着一片惨状。拍摄从凌晨3点开始进行到第二天早上8点，真正拍摄的时间差不多是三个小时。因为考虑到要在自卫队到来前结束，又不能打扰到当地的修缮工作以及居民生活，可以说是非常迅速地进行了取景和拍摄。甚至原本想来看拍摄的人打电话过来时我们已经拍完。

在《庸才》开头，我以绵长的平行位移表现出灾区的

---

[1] mSv：用来衡量辐射剂量对生物组织影响程度的国际单位，读作"毫希沃特"。有时也表达为Sv，简称"希"。

景观，是想表达灾害在这面银幕之外还一直蔓延着。地震灾害并没有在电影中结束，目所不能及的广阔土地上正在发生现实的受难。我希望观众感受到这种震惊和眩晕。

拍摄灾区的觉悟和意义

实际上，很多人对于在地震发生后不久就拍摄灾区的真实影像，持有非常敏感的态度。会觉得在遗属尚未消化心情的时候，就直接踏入有很多生命死亡的土地，还拿着摄影机来来去去地拍摄算怎么回事，难道不会有罪恶感吗？有很多新闻从业者也认为，从人道主义的立场来出发，不应该直接拍摄灾区鲜活的真实影像或图像。

但我在拍摄中感受到的并不是罪恶感，而是更接近紧张感。在眼前铺展开来的悲惨情景中，真实地出现似曾相识感的当下，那已经不再是和自己无关的场所发生的事了。我抱着这样的觉悟，下定决心不能拍摄半吊子的影像，随后投入了紧张的拍摄。

在灾区拍摄需要当地人的帮助。我们拍摄了剧组人员位于灾区的已经被摧毁殆尽的老家以及亲戚的住宅。因此我听到了和自己想象中完全不同的反馈，"在修整之前能够留下记录太好了。"一年以后，我又在同样的地点听到了一种说法："那些说着'现在播放海啸的画面会让人回想到那时，所以别放了'的人，其实是觉得忘了也没关系的人吧。"听到这样的话，我的使命感更加强烈。

我想，遭遇了重要之人的死亡，直面了巨大灾害的人们就算想要忘记现实，也无法做到吧。以前居住的地方可能会成为空地，被国家买入用水泥封盖，变成永远都无法居住的土地。他们希望能为自己曾经居住、如今依然深爱的土地留下记录，也希望这些土地留在人们的记忆中。真正受灾的人们会这样想是很自然的事吧。

所谓"播放画面的话会想起来"这种表达也就是说如果不看到受灾的画面就不会想起。不在灾区，而是在东京之类的地方看到报道后这样说的人也有。然而真正受灾的人并不会大喊自己受灾了。总之我是这样认为的。我希望10年后，20年后，看到《庸才》的人会说"那时候拍下来真是太好了"。

并不是战胜了绝望,而是输给了希望

《庸才》的结尾也和原作大不相同。原作选用了"自杀"这个非常灰暗的结束方式,但对地震之后依然必须在现实中继续活下去的孩子们来说,这太过残酷了。其实直到拍摄那天我都在犹豫,但最后还是选择让茶泽(二阶堂富美)奔跑在陷入绝望、独自来到堤防的住田(染谷将太)身后大喊"住田,加油!""住田,加油!"。虽然直到今天,我也不确定这种结束方式到底好不好。

他们两人喊出的"加油",也是对我自己的鼓励。当看到他人失落、陷入可怜情境时,人们会很自然地说出"加油"。地震后,"加油东北""加油日本"等无数"加油"溢满日本。但我认为"加油"其实是一句谁都可以说的话,是一句不用负责任、并不令人愉快的话。拥有真实力量的

"加油"究竟应该如何被说出呢？我在拍摄《庸才》的过程中反复思考着这件事。

地震之后的日本如果用人类的身体比喻，就是"肢体不全"。在身体健康、没有什么特别问题的时代，我们也有可能陷入绝望的情绪。但在当时，海啸夺走了很多生命，核电站的爆炸带来含有放射性元素的降雨，人们被放逐出自己热爱的土地，政府失去信誉，政治机能陷入瘫痪，围绕着核电站重启及废墟修缮，国民中间已经出现断裂。在这种时候，应该不可能悠闲地沉浸在倦怠与忧郁中。在整个日本即将面临全面衰败的时刻，没有理由相信自己可以幸免。这已经不是对别人说"加油"的时候了，而是自己不鼓励自己就无法活下去的时代。

能蕴含这种实质的，绝不是剧中老师对学生说的"加油"——从当事人的外部发出的冰冷鼓励。那和在旧金山的路上向我丢下的百元美钞一样，是让我回敬"我才不需要这种东西"的"加油"。这句"加油"，必须是以自己为圆心、以几百米为半径的环境中拼尽全力生存着，挣扎在绝望、困苦、悲伤、希望中的中学生才叫得出口的——以同等的视线高度，对着自己的同伴，同时也对着自己喊出的鼓励才具有效力。

《庸才》2012年 / 129分钟
演员：染谷将太、二阶堂富美、渡边哲等
制作、发行：GAGA（ギャガ）
© 2011 Himizu Film Partners（「ヒミズ」フィルムパートナーズ）

在《庸才》的取材过程中，我说过很多次"并不是战胜了绝望，而是输给了希望。"人们在绝望的状态下对希望亮出了白旗，说出"我输了"的失败宣言。就像平时说着"希望这种东西见鬼去吧"，但在没有水、没有食物、没有氧气，跌落到最谷底的时候，还是忍不住说出了"没办法，还是想拥有希望啊"一样。

这不是温柔的希望，而是非常残酷的希望，是在没有水、没有食物、没有氧气的极端状态下见到的沙漠中的海市蜃楼，是远远望见的闪闪发光却并不存在的绿洲。所以只能用"输了"这种消极性的语言才能表达。

在《庸才》结尾奔跑着的两个人，他们的前方或许什么都没有。但最后还是渴求着"再喝一口水""再吃一片面包""再晒一天太阳"而认输了。即使充满不甘，我们也已经站在了只有如此才能看到希望的时代。虽然我一直都不愿意制作在电影院里鼓励观众的电影，但当时确实想把《庸才》拍成一部鼓舞人心的作品。

用电影杀入核电站这个禁区
——《希望之国》

拍完《庸才》之后，我并不认为"关于'3·11'拍这一部就够了，接下来要转战完全不同的题材"。作为电影导演，今后要持续不断拍摄这个主题的念头愈发强烈。于是我以核电站事故为中心自己创作了完全原创性的剧本，拍摄了《希望之国》（2012年10月20日上映）。故事设定在东日本大地震发生几年后的近未来，在虚构城市"长岛县大元町"又发生了超强地震并再次引发核电站爆炸。故事围绕一对因核电站事故而失散的畜牧业老夫妇，以及他们的儿子、儿媳展开。

本来，要用仅仅一部作品就拍完地震、核问题就是不可能的。新藤兼人导演在《原爆之子》（原爆の子，1952）

之后，也仍然继续拍摄着原爆电影。既然已经对此发表了看法，也就产生了无法推脱的责任感。在已经无法看到人类与放射性能源关系终结的当下，我想踏入在《庸才》中没有触及的那个禁区。

但是，想触及核电站问题的想法，很快遭遇瓶颈。《希望之国》拿不到资金，几乎没有企业愿意合作。最后，我们只能寻求海外投资，找到了英国和中国台湾的合作方。这也再次让我意识到在日本想要拍摄"加油向前"的电影不难，但要展露社会的阴暗却是如此困难。

是否以《希望之国》为片名，我当时很迷茫。其实写剧本时，它暂名为"大地之歌"（大地のうた）。和印度电影大师萨蒂亚吉特·雷伊（Satyajit Ray）的《大地之歌》（*Pather Panchali*, 1955）同名。改变想法，脑海中跳出"希望之国"这个名字的瞬间，我正位于福岛县南相马市距离核电站20公里的范围内。

2011年12月31日，我先去了拍摄《庸才》时提供过帮助的宫城县石卷市，在那里一边听着新年的钟声一边祈祷后前往相马市。迎着2012年，到达相马市时，周围逐渐明亮起来，让人不禁觉得"啊，3月11日已经是过去了"。接着我到达了提示"20公里范围内禁止进入"的路障附近，急忙翻过栅栏跑了起来。我着急的原因只有一个，那就是想在这座鬼城中迎接2012年的黎明。我想在南相马"20公里范围内"的海边看到新年第一天的日出。

赤红色，赤红色的新年日出升起。我从未见过如此美丽的太阳。它令我感动到了这种程度。去年，就是这片大海生成了那场袭击了人类的海啸，如今，朝阳从这片大海中静静地升起。就在我屏息凝视那赤红之美的时候，仿佛要从充满放射物质的大地中捕捉这新鲜到来的气息一般，奋力地深吸了一口气。就在那个瞬间，我兴奋地决定称这部电影为"希望之国"。这个片名超越了各种理性原因脱颖而出。

虽然我叫它"希望之国"，但我并不想提示众人"这就是希望"。如果认为这部电影描绘的是希望那当然可以，但如果认为不是希望也完全没问题。如果我单方面地将某种东西称为"希望"是一种强迫。我认为电影直接给出"答案"是不行的。电影应该是一封巨大的质问信，而不应该提供"是这样哦"的答案。

如果观众觉得"这是绝望"那我也没有办法。但2012年的第一天，在鬼城中看到的新年日出拥有一种绝望的美。要这样解释也是可以的。那天的日出本身，就是一封向我展开的巨大质问信。我心里已经有了自己的答案。但却有意没在电影中明确说出。之所以说电影是一封巨大的质问信，是因为要将反应交给观众的想象力。我不会在电影中诱导想象力。虽然人们经常说我在电影中过度传达——我在电影中确实"说"得很多——但他们都没有意识到我的电影从来没有提供过答案。

《希望之国》2012年/133分钟
演员：夏八木勋、大谷直子、村上淳、神乐坂惠等
© 2012 The Land of Hope Film Partners

不要给想象力插上翅膀

虽然经常以真实事件为题材，但我既不是犯罪爱好者也不是纪实爱好者。我只是被事件核心中潜藏着的"真实"吸引。我喜欢为了接近这种真实而各处取材。

创作《希望之国》时，我不想凭借想象去写出现在故事前半段的地震和核电站事故，所以将在灾区取材时实际听到的话放进了台词。我从根本上很讨厌"给想象力插上翅膀"之类的说法。因为全凭想象根本靠不住。"想象力"这个词听起来不错，但也可以置换成武断、独断。

归根结底，想象力的标准很廉价。某个意大利作家的短篇小说中写过一位自认想象力超群的男士。这位男士在刚搬进去的新房间里灵机一动地说"这面窗户望出去的风景真是超现实"，结果房东回他"上一位租客也说过同样的话"。原本觉得自己的想象力比别人优越的男士非常失望。我自己也经常有类似的经验。比如在去动物园时,看到动物们的举动想说出奇妙的形容时,旁边的人也说了同样的话,结果自己备受打击。想象力不过就是这种东西而已。

所以我在写剧本时,还是会以收集到的资料为基础搭建前期剧情。借此决定了情节的方向、故事的节奏后再开始借助想象力也可以。如果在取材和事实垒砌而成的基础上让故事的发动机启动,那之后也不会飞去错误的方向。这样就有了可以安心使用想象力及谎言的空间(关于这一点下面我还会提到)。用这种方法写出的剧本,在拍摄现场也不会迷失方向。

就像之前所说,取材首先是去见人。当然也有文献和资料,但写下来的东西总觉得不够可信,只用这些无法挖掘出"真心"。很多东西是要实际去到当地和人们见面后才能弄懂的。

比如《希望之国》,真正受灾的农家说不出复杂的话。类似"当时在紧急避难准备区域划定之前,空间放射量就已经到了××毫希沃特……"这种从客观视角出发并夹杂着大量复杂的核能术语的语言几乎听不到。他们说出的都是"好辛苦""好痛苦""好冷""好严重"这类词。如果不站在这个立场上，那拍出来的东西也只不过是说明性电影罢了。

电影应该包含的，不是"情报"，而是"情绪"。如果只想获取整理过的语言，那看书、看新闻就够了。能变为电影台词、能让场景拥有意义的电影语言，应该是市井中普通人的"肉声"[1]。

地震刚结束的时候，受灾的人们最频繁的感受就是"冷"吧，因为太冷了甚至没有空闲拥有"冷的原因是东电，应该快点撤掉"这种理性思考。不是去追忆事件，而是把站在事件中心时感受到的情绪，用哪怕贫弱的词汇也好，编织进剧情中，这才是电影该有的做法。电影不是"事实的记录"，而是"情绪的记忆"。

---

[1] 肉声：本声、原声。不通过话筒等而又人的口腔直接发出的声音。

倾听从另一种现实中传来的声音

接下来要说的和刚才提到的观点好像很矛盾，但也有必须凭借想象力才能写出的东西。极端一点来说，人无法听见死者的话。无论是《恋之罪》取材时的"东电OL杀人事件"受害者，还是在《希望之国》取材中才知道的、留下"如果没有核电站就好了"这句遗言而自杀的福岛县相马市畜牧业主，她和他究竟怀抱怎样的心情，事到如今我只能通过想象去捕捉。

之前写到，直到故事进入中盘为止我都会基于取材的积累而写作。接着在已经能看到目标的地方运用想象力。在《希望之国》中，当开始能听见自杀角色心声的时候，就是利用想象力的时候。这种时候写下的东西，其实已经几乎不叫"想象力"，而更接近一种必然结果——就像磁与铁的互相吸引。

不止地震和核电站问题，触及其他社会问题和事件核心的语言、视线，不都是怀抱遗憾步入死亡的死者才能用自己的口与眼表达出来的吗？我是这样认为的。用想象去构建如今已经听不到的语言、看不到的光景，换句话说，有必要运用消极的想象力去编织故事。

反映现实是一个非常难的问题。不仅要将眼前看到的现实当作前提，还要考虑到"另一种"现实，将它也纳入视线，虚构与纪实便在这时重叠。如果有哪位演员说"根本没人会满身大汗、猛然坐起地从噩梦中惊醒"，我会忠告他："那是因为你的人生太安稳了。"经历过战争或家人被杀，品尝过残酷岁月的人们，不知道有多少都是这样醒来的。并非只有自己的人生才是现实，乍看之下纯属虚构的事物，或许在另一个世界就是现实。

一个可能没有核电站的世界

在《希望之国》中登场的老夫妇（夏八木勋、大谷直子）中的妻子被描写为"阿尔兹海默病患者"，这是我很早以前就想用的设定。我一直想将妻子患有阿尔兹海默病的夫妇在火葬场殉情的事件（福井火葬场殉情事件）拍成电影。在当下这个超级高龄化的社会，尤其是人口稀疏程度不断加深的农村，夫妇在步入死亡时无法见到对方的情况非常多。衰老后进入疗养机构或医院，一个人孤独地停止呼吸就是眼下的现实。电影中的这对老夫妇也做出了重要的决定，我将这种现实和核电站问题结合在了一起。

大谷直子饰演的智惠子有一句口头禅，那就是明明在家里却说"回家吧"。其实这也是我患有轻微阿尔兹海默病的母亲的口头禅。每到黄昏母亲就会说"回去吧"，我曾经开车载着她在老家周围与她相关的地点转悠，比如小学、中学，一边转悠一边问她"是这里吗?"。因为她每次都回我"不是这里"，所以我终于意识到她想"回去"的地方既不是家，也不是现实世界的任何一个地方。她想回去的是时间，而且是过去的时间。为什么一到黄昏时分，母亲就想回到记忆中的世界呢?

只存在于记忆中的世界，在现实中是回不去的。但是在思考核电站问题时，我觉得如果有一个世界可以让人忘记现在、活在过去，那一定很有趣。"核电站建好了吗?""会爆炸吗?"从智惠子的这些台词中，我们可以隐约意识到"这可能是一个还没有核电站的世界"。这不是简单的后悔，而是想让观众感受到尚不存在的（不依赖核电站的）"崭新世界"的可能和希望。

为了将电影的主题拉近为自身的问题，我经常在其中使用熟人或者与自己关系密切之人的名字。在《恋之罪》和《希望之国》中都出现过的"Izumi"（イズミ）是我母亲的真名，在《纪子的餐桌》和《恋之罪》等我的电影中经常出现的"Mitsuko"（ミツコ，正确写法是尾泽美津子）是初恋的名字。就像《公民凯恩》(*Citizen Kane*，1941)

中的"玫瑰花蕾"[1]一般,那个名字对我来说就是神圣、纯粹而情色的"女人"本身。这样安排之后,宏大的问题就会稍微接近个人的问题。《希望之国》的舞台"长岛县"是将广岛、长崎、福岛结合后诞生的名字,因为我想将福岛的事故,联结到那条从"被爆"到"被曝"的历史中并向自己拉近进行思考。

围绕《希望之国》,不论"支持核能发电派"还是"废止核能发电派"都有各种反应涌来。就像我之前说的,这部电影本身就是一封巨大的质问信,我并不是要将它明确地拍成"废核电影"。我不想准备好"废除核电站"的答案,让它变成简单的作品。从根本上来说,我就不喜欢"废核"这个词。这个词就好比羊圈着火了,火焰不断蔓延。在时时刻刻燃烧着的火焰中,羊群还在慢慢地从脚下的火焰边缘后退。继续待在羊圈中已经非常危险,明明已经十万火急,羊群还能用"废·火"这个听起来如此"悠闲"的词来讨论吗?

这部电影的制作时间、上映时间都很紧急。因为这个主题本身就很紧急。我想尽快拍出来,尽快公之于世。想

---

[1] 在《公民凯恩》中,主人公查理·凯恩在豪华宅邸死亡,临死前只说一句话"玫瑰花蕾",如谜般无法解开,整个故事就此展开,一步步揭开谜底。

在羊圈的火还未广泛蔓延的时候,和大家一起找到出口。是这样一部属于"瞬间"的电影,也是一部在2012年上映,"为了2012年的电影"。哪怕多一个人也好,我想让更多人看到,这部连电影都算不上的电影,这封穿着电影外套的信件。

霍华德·霍克斯(Howard Hawks)说过,"导演这种职业,不需要询问别人对作品的评价",《希望之国》也是不在意观众评价的电影。我作为导演,比起对于作品的评价,更重视拍摄作品的责任。我马上要开始拍摄的电影被称为《庸才》《希望之国》的续篇,它们是以地震、核电站为主题的三部曲。恐怕我仍然不会产生"已经拍完了"的感觉,我决定在将这个主题彻底消化掉之前,要一直拍下去。

第四章

追逐着伟大去生存

日本电影衰败的原因

很多人都在说"日本电影最近变得很无聊""日本电影已经输给韩国了"之类的话。造成这种现象的一大原因是日本太重视经济而太敷衍文化了,因为文化赚不了钱。韩国电影之所以能强势崛起,与政府提供相当有力的财政预算扶持文化产业关系巨大。针对韩国企业参与电影、电视剧、动画等影视作品的制作,韩国政府在2011年提供了1000亿韩元(约合70亿日元)规模的补助,并且还在积极促进与国外合资项目的扶持制度。这是日本文化厅在同等项目中投入预算的30倍以上。日本与韩国投入到电影行业的预算相比,差距悬殊。

至于欧洲,电影的文化价值本来就很高。费里尼甚至可以享受意大利的国葬。坚持拍摄实验电影的法国导演加斯帕·诺（Gaspar Noé）2010年的作品《遁入虚无》（*Enter the Void*）甚至可以拿到几亿、几十亿的预算，在日本别说是几亿了，5000万日元都拿不到。在好莱坞，电影的经济价值高于一切。在这些地方，不仅是电影，可以说整个艺术生态，都和日本完全相反。

日本电影衰败的另一个原因是，不论在地理上还是心理上，日本都是一个与世隔绝的岛，也就是俗称的"加拉帕戈斯化"[1]。过去的日本电影还比较能意识到国外电影的存在，会挑战一些宏大的主题。深作欣二导演是个非常好的例子。《教父》上映后，他推出了用来对抗《教父》的《无仁义之战》。《星球大战》流行的时候，他用《天外来信》（宇宙からのメッセージ，1978）回应。过去面对外国电影还有"可不能输啊！"的精神，如今面对外国电影已经完全没有要与之比较的心态了。

这可能并不是因为日本人的欲望枯萎了，而是人们不再选择文化作为欲望的出口了。控制电影中的暴力场景，或是禁止电视中出现裸体。我从中感觉到了想用廉价的道

---

[1] 加拉帕戈斯化：以进化论中的加拉帕戈斯群岛生态作为警语。指在孤立的环境（日本市场）下，独自进行"最优研发"，而丧失和其他区域的互通性，面对来自外部（外国）适应性和生存能力高的品种最终陷入被淘汰的危险。

德来匡正文化规则的时代压力。在国外为电影冠名《疯狂的心》(*Crazy Heart*, 2009)、《爱疯了》(*Like Crazy*, 2011)的今天，反观表达规则非常严格的日本，已经不能在公共场合使用"瞎子""屠杀"这样的词了。

以前想试着把《爱的曝光》改成系列电视剧的时候，我去见过一位电视台制作人。以"电视剧要从结构开始重新安排，我平时就在思考……"开场后我安心地继续着话题，结果提到露内裤的时候对方立马说"……这可不行"，我感到愕然。就是因为追求过剩的道义，文化才会变得纤细羸弱。

我不觉得日本人很正经。在一般的租碟店设置巨大的成人影片区是日本固有的文化。日本的青年漫画杂志中也是裸体和性爱泛滥。尽管如此，电视哪怕到了深夜也不怎么出现裸体和性爱，电影更是这样。因为像水油分离一样将"文化"与"欲望"完全隔开，所以整个生态已经扭曲。结果，到处都是描写高中生的清淡爱情、职场的浪漫故事、面包店和点心店温暖日常的电影。这种电影中根本没有诚实的欲望。

出征国外的电影

世界电影的中心从未改变,一直都是美国奥斯卡。虽然得奖并不是拍摄的目的,但可以成为一个有趣而带有紧张感的目标。日本也有日本奥斯卡[1],直到铃木清顺导演的《流浪者之歌》(ツィゴイネルワイゼン,1980)获得大奖的第四届还尚可,近年来却不免给人一种大电影公司轮流得奖的套路感。就算拿了这种奖然后出名、买了自己的房子也没什么好开心的,重要的还是要怀抱从内部循环中跳向外界去战斗的意志。

放眼世界,在历史上一直遭受歧视的黑人,在文化方面稍有距离的中国演员,在西欧电影中担当主演或重要角

---

[1] 日本奥斯卡:日本电影学院奖(日本アカデミー賞),于1978年开始举办。

色的情况也增加了。电影之外,在世界都市中,"中华街"以及"韩国城"的存在感也不是同为亚洲国家的"日本城"所能比拟的。在这种现状前,我感到最近愈发显著的加拉帕戈斯化是思考日本文化整体未来时不能忽视的因素。

形成日本人美德的气质中具有协调性。但我如今很怨恨这种协调。只顾着寻求和国外之间的妥协,完全无法制作出能在国外成功的作品,"国内大热的作品"和"国外大热的作品"之间的鸿沟也越来越深。在日本卖座,但在国外完全不行的现象也出现了。这主要是因为将"邦画"和"洋画"截然分开。[1]我认为现在应该量产"看起来是日本电影的外国电影"以及"看起来是外国电影的日本电影"来填平这种鸿沟。

比如到目前为止,日本导演去国外拍摄电影时,会使用一人以上的日本演员,故事也有一部分发生在日本,在翻拍《咒怨》(呪怨,2002)这类作品时,也将文化差异当作优势保持了根源上的"日本性"。我认为应该将这些保险做法全都抛弃。从演员到工作人员都在当地招募,自己只身前往。从传单到海报没有一丝日本风格或亚洲风格,但日本人还是能看出来是日本电影,要拍这样的电影。

---

1 "邦画"是日语中对"本国电影"的称呼,"洋画"是对"外国电影"的称呼。

不过这种战术并不新鲜。今年（2012年）戛纳国际电影节上就出现了主要由韩国投资、法国人主演的电影，他们已经通过这种碰撞而融合了。就算是为了预算越来越低的日本艺术电影，我也想积极展开在国外的各种尝试。

想摧毁电影的形态

我觉得在日本用自己的真实想法拍摄电影的导演很少。在悬疑片后紧接着拍摄战争大片，在人生纪实片之后立马拍摄漫画真人版，总觉得其中飘荡着一股按订单制作的氛围。虽然好莱坞电影也走商业路线，但在导演拍摄的各个影片中间总有一以贯之的方针或内在动机。约翰·卡朋特不会突然去拍喜剧，大卫·芬奇也不会突然拍喜剧。

电影导演确实也是职业的一种，既有客户又有观众。意识到这一点后对改变风格一事也能理解了。我并不是说非要固守同一种风格，但是创作作品需要比表面的风格更为深入的态度。我反复强调过，我不那么重视观众，毋宁说是背叛观众的愿望很强烈。如果因为讨厌被说"园子温就是情色猎奇呗"就想拍摄完全不同的电影，那这种态度反而没有在最深的层面背叛观众。

刚好前几天我去看了杰克逊·波洛克[1]的展览（东京国际现代美术馆，2012年2—5月），他在自己的"滴画作品"（将颜料滴在画布上作画的方法）呼声最高的时候转换了方向。这种不重复自我的动机很好。他说过一段非常好的话："虽然美国绘画中的孤立主义从20世纪30年代就在这个国家流行起来，我却觉得它很奇怪。就像人们觉得创造纯粹美国式的数学、物理学这个想法很奇怪一样……"（《一百周年诞辰——杰克逊·波洛克展》，读卖新闻东京本社，2011年）

这段话展示了这位对抗美国写实主义绘画的异端分子特有的含蓄。就像美国式的数学、物理学不存在一样，日本式的电影、绘画也不存在。如今在日本电影界被承认的作品在国外绝对无法收获好评。

之前我看到一篇有趣的电影评论，说园子温的电影拼命想逃逸到电影的形态之外，这其实也是人们认为日本电影只有小津安二郎、黑泽明这种旧有形态的证据。站在新

---

[1] 杰克逊·波洛克（Jackson Pollock，1912—1956）：美国最重要的艺术家之一，抽象表现主义运动的主要力量，也被公认为是美国现代绘画摆脱欧洲标准，在国际艺坛建立领导地位的第一功臣。1929年就学纽约艺术学生联盟，师从本顿，1943年开始转向抽象艺术，1947年开始使用"滴画法"并以此奠定了自己的艺术史地位。

画布前的人，如果在画之前看了塞尚或沃霍尔的作品觉得"就画这种"，那画出来的东西和旧画也没有区别，在拍电影之前看了小津或者希区柯克的电影沉迷其中，那也没办法了。

"小津那种平静淡然的风格好""相米那种精湛的长镜头风格好"之类的想法很常见，但这些形式其实都已经附着了历史性。小津在确立自己"平静淡然"的风格之前不知道进行了多少技术上的实践。相米慎二调度长镜头的技巧，也是有意识反抗大公司过剩影像风格的结果。如果他们生在现在，想必就不会选择使用那样的技巧了。就连北野武导演面无表情的表演，也是从瓢泼大雨中哭着表演的演技中战略性地摘除了表情后的结果。

不结合背景便认定"日本电影"这个根本不存在的"师门"，并继承"第二代××"的名号，这种做法不适合电影。这种坚守"传统"的做法，在其他创作领域都已经进化，唯有电影界始终保留着。像毕加索那样，摧毁形式、任性玩乐的态度，对创作者来说才是最有趣的。如果听到"好像小津""好像沃霍尔"的评价会觉得高兴，那么这个人并不是真正的艺术家。

用个体判断集中突破时代

日本现在也在电影制作中导入了"制作委员会方式"。也就是由多个企业共同为一部电影出资,共同管理版权、分配收益,这么做是为了减轻电影制作过程中的各类风险。一言以蔽之,就是类似少数服从多数的方法。但因为导入这个制度,日本电影完蛋了。交由制作委员会决定,如果类比成政治,那就是民主党、自民党、公明党"三党合意"。由如此庞大的组织做出的决定,就是将电影的过激之处阉割以做出和谐的产物。

我反倒相信"我来决定"这种独断才能创造出真正有趣的作品。虽然将集结了不少预算而启动的项目交给一个人来掌舵,确实存在风险。但有时候如果过于重视协调性会让所有人都腐坏,还不如将希望寄托在一个人身上期待集中突破的可能性。周围有人照看着最后的走向就好，将一切交由最初信任的那个人，看他会不会成功。

韩国电影和中国电影，都是创造出了这样的环境才进军世界场景的。而且韩国电影和中国电影的创作者们没有电影史这种东西，不存在本国的伟大前辈，这起了很大的作用，给了他们"没有参考的自由"和"必须自己创造历史的压力"。他们用自己成为祖国的"小津"和"黑泽"的气魄来回应这个课题。正因如此，才能形成独属于自己的场景。（不过在这之后创作者们又一起朝向同一个方向的情况也很多。）

反观日本电影，我们已经失去那种奢侈的烦恼。日本的大部分导演都在小津、黑泽、木下（惠介）等老一辈那窄小的桎梏中挣扎。要摧毁这种现状，只能等待像巴斯奎特[1]和凯斯·哈林[2]这种为艺术世界注入新风的新世代出现，等待哈莫尼·科林（Harmony Korine）和达伦·阿

---

[1] 巴斯奎特（Jean-Michel Basquiat, 1960—1988）：美国艺术家，最为人所知的身份是纽约涂鸦艺术家。他的作品至今仍深深影响着当代艺术并价值不菲。

[2] 凯斯·哈林（Keith Haring, 1958—1990）：美国艺术家，活跃于20世纪80年代，也被视为新波普艺术家。他的作品主题简单直接并且显得卡通化，婴儿、狗、飞碟都是他的常用元素。除了画画他还创作雕塑并设计海报。

伦诺夫斯基（Darren Aronofsky）这样具有爆发性的激进个性的导演登场。

用极端的电影决一胜负

关于我的电影，经常听到"很极端""很过激"这样的感想。确实，《爱的曝光》的上映时间是四小时，《冰冷热带鱼》有猎奇性的暴力，《恋之罪》有性爱镜头，这种极端性掀起了褒贬不一的评价。我之所以这样做，是想以一己之力更新那个被普遍信任的"日本电影的标准"，向世界电影的标准靠拢。

只不过,拍摄太过极端的电影，就像在名为"日本电影"的场地自行车赛中明明领先了一圈看起来却好像落后了一圈一样。比如拍《恋之罪》的时候，我自认为可以压制其他电影。结果因为被说了太多"情色、情色"，整个作品给人留下了游走在地下电影边缘的印象。这部作品明明那么彻底地用女性的视线深深探索了女性欲望的问题，大部分人能讨论的却不过是部分表面性的过激画面。

同样，如果在日本拍摄拉斯·冯·提尔的《反基督者》这样的电影，恐怕会被列为V电影[1]，或是只能收获"展示切除性器官画面的电影"这种莫名其妙的评价。面对这种现状，哪怕只是为了自己，我都真切地认为必须要将日本电影的生态整个连根拔起。

从根本上来说，如果不追求某一方面的极端和过激，表达就不会有趣。日本人毫不怀疑地信奉着的"日本电影正统"根本就很可疑。在这个正统下，为了拍出好的作品只能遵照某种"传统技巧"，只有某一种倾向的作品才可以收获好评。在这样的环境里，当然也无法孕育出希望更新现有技术、探索新事物的摄影师和技术人员。

以前在美国进行演员试镜时，他们积极旺盛的动力震惊了我。当询问偶像女演员是否可以接受性爱镜头时，本来在等待她说出"这个还是有点……"这种预想中的回答，结果对方却双目放光地回答"这里的乱交作为情节来说很自然"，让我不禁身体后仰，心想"居然！"。

我想在持续的活动中进一步追求尖锐的东西。就像混

---

[1] V电影：Vシネマ，东映电影公司1989年开始制作发行，不在影院放映而专门用于租赁的电影总称，也就是一种电视电影。"Vシネマ"这个单词是东映公司的注册商标。

入黑手党的FBI（美国联邦调查局）卧底，我今后也会不问电影还是电视，甚至深入到主流之中，从内部将日本电影的恶劣传统破坏殆尽。

如果时代没有色彩,那就不需要战术

不止在电影领域,各类创作者都经常被要求回应"时代特色"。但是我真的不明白,现代日本所说的"时代"这个词究竟代表什么。如果有人敢说"我了解时代",那请务必来教教我。

其实,就算有人来拜托我拍摄"符合当下氛围的电影""可能在当下大卖的电影",我也没办法,因为在我的印象里现代日本文化是一种近乎无色透明的颜色。我几乎无法从日本文化中强烈感受到当下的时代氛围。电影方面也是,能让我一下想到的"当下氛围",只有"绝症题材""狗狗题材"这种东西。去听听制作人之间的交流,也只不过是"这部原作很受欢迎""这部小说拿了芥川奖"这种程度的信息而已,感觉态度十分暧昧。会提出"符合时代氛围"

这种假设，本身就说明时代非常难以描述。

如果时代本身拥有鲜明的色彩，作为回应叠加醒目的颜色去突出它就好。但当底色并不明确时，将其作为基础去创作只会产出模糊的配色。解决这个问题的战术，说实话我并没有。当战斗对象暧昧模糊时，只有像刺猬一样同时针对四面八方。我不会从市场调查或营销出发去考虑作品。如果这也能被称为"战术"的话，那就是我的战术了。

喜欢看我电影的观众，似乎可以从中感受到类似"没有战术的战斗电影"的乐趣。如果我也发挥市场营销的精神，认为"情色猎奇会受欢迎"，也就不会产生现在的结果了吧。就像"秘密营销"[1]这个词会流行一样，现代人已经很会识别营销手段了。那还不如以给予观众不知道下次会飞出什么东西来的兴奋感为目标去行动。

---

[1] 秘密营销：此处所用日文原文为"ステマ"，是英文"stealth marketing"的和制缩写。指透过伪装后的营销手段，使消费者难以察觉。有时相当于"软广"，但也包括企业造假评论或营销事件的情况。

"量大于质"是撒手锏

这是一个没有必要"先发制人解读时代"的时代。如果再深入一点去说明，那就是创作者抱着自己来创造时代的态度就好。再具体一点就是，不用"质大于量"而用"量大于质"的方法去战斗。与其抱怨自己的作品不被时代承认，还不如创作出令人无法忽视的作品数量来让时代承认。

在"东映纪实黑道路线"席卷日本的20世纪70年代，深作欣二周围还有中岛贞夫、工藤荣一等创作者并肩作战。但如今几乎不再有这种共同开创潮流的行为了。那么，只能创造出另一个，不，很多个自己并肩作战。要凭自己一个人创作出过去很多位作者一起创作的作品数量。就这样，凭自己一个人去开拓一种能让自己的作品被接受的环境。

2012年逝世的新藤兼人导演曾经说过："杰作只不过

是偶然产生的东西。只要不断去拍就好了。"如果在创作中严格筛选、吝啬表达，那死后能集结出的"全集"恐怕只有一本。这样不行，要一部接一部地创作，使用"量大于质"的战术。

如果在一部电影中花费太多时间，那么就会在选角以及故事脉络上纠结太多，这其实会妨碍实际执行。我在拍摄时间和预算都很有限的《爱的曝光》时，根本没空在意自己，所以反倒很好。我怀抱着"不如去好莱坞，像新人一样重头来过吧"的心情，教唆自己重新回到年轻时什么都不顾的状态。如今我在这里标榜"大量生产"，也是因为想将自身内部那个无聊的自我摧毁。

不能落后于"伟大"

创作者要把自己的价值观坚持到底需要做到一件事——不输给贫穷，虽然这听起来像一句玩笑。我回忆身边亲近的人，好几位我喜欢的创作者都因为无法忍耐贫穷，为了追求某种社会地位转行去了其他行业。

曾经在40多岁还住四叠半公寓的我，当时经常被问："住在这种地方，你不觉得丢人吗？"可是我深爱着亨利·米勒和兰波这种放浪形骸的作家，根本不知道羞耻心为何物。毋宁说，我反倒认为"一把年纪还这么穷"这件事很帅。

总之，周围人和我关于"帅气"的价值观完全不同。反过来说如果不是信奉这种标准，大概就会被残忍的现实击溃。如果20岁时向着AV导演一路奋进，不知道现在的自己是什么样。重要的是要从"女人30岁以前要结婚"这种虽然没有人刻意强调却已经渗透社会的身份标签中逃离，要能肯定和接受那些正过着乱七八糟生活的人，守护属于自己的那份标准。

在四叠半房间里，或是在旧金山的街道上，我一边怀抱"我会变成有钱人""我会变成伟大导演"（现在当然还没成）的妄想，一边和贫困战斗至今。所以为自己建一个伟大人类的档案馆很重要，一边从这个数据库调用自己的榜样，一边生存。不过就算以某个伟大的人为榜样，也并不是要对他的话唯命是从，而是要活成那个人本身。

在我看来，榜样可以随时根据自己的处境去更换。比如20岁时憧憬自己像席德·维瑟斯[1]一样早逝的人过了30该怎么办。没关系，到时候还有耶稣基督。那步入40岁还没创立自己的宗教怎么办。没关系，到时候还有40多岁才出道的法国导演罗伯特·布列松[2]那样的人在等着你。顺着这个节奏，始终相信自己就好。"既然不是在年轻时燃尽才华的披头士系作者，那就做上了年纪还活跃在第一线的

---

[1] 席德·维瑟斯（Sid Vicious, 1957—1979）：英国著名朋克乐队性手枪（Sex Pistols）的贝斯手及主唱之一。他根本不会弹贝斯，但也不妨碍一代又一代乐迷视其为充分代表朋克美学的人物。他的外貌、行为以及现场气质决定了这些评价。21岁时他在纽约因为毒品过量而死。
[2] 罗伯特·布列松（Robert Bresson, 1901—1999）：法国导演，1943年才拍摄了自己的第一部电影《罪恶天使》，代表作还有《扒手》（1959）、《钱》（1983）等。他的电影风格对日后艺术电影产生了非常重要的影响。

滚石系作者"——只要不断改变榜样就可以。

仔细想想,我也是从十多岁开始就在追逐自己的榜样。"伟大的人就是会全裸去学校""伟大的人就是会17岁离家出走"……拼命不让自己落后于"伟大"。30岁到40岁期间持续的消沉可能也是因为我开始落后于当时追逐的偶像,比如中原中也和兰波这些早夭的天才。那时候我陷入了酒精中毒,时常都在附近打架,冲进花店把人家作为商品的花全摘了,被花店要求全额赔偿,每天晚上不知道为什么总是满身是血地回家。在美国的时候,则是以65岁前还在做体力劳动的埃里克·霍弗[1]为榜样支撑着我。

不过,无论在哪种逆境中,我都坚持不对自己撒谎。我知道很多"想成为伟大,但成不了的人",都是些会不自觉对自己撒谎的人。我想成为那种在取材和采访中哪怕对羞耻之事也能和盘托出的人。让自己表面上看起来不错,这种事并不在我的伟大档案里。

---

[1] 埃里克·霍弗(Eric Hoffer,1902—1983):美国作家,写作题材以政治、社会心理学为主。他的人生非常传奇,7岁失明,15岁复明,自学成才。常年从事码头搬运工作,甚至在1964年成为加州大学伯克利分校高级研究员后仍未离开码头。他最具影响力的作品是《狂热分子》。

追求自己觉得有趣的事

从现在开始想拍电影的人,我希望你们重新去发现自己觉得有趣的事物。不论什么咖喱,只要好吃就能受欢迎。同理,我希望你们回到"人不可能无视有趣的作品"这个原点。

去模仿别人觉得有趣的东西这种做法很常见,但如果自己不是真的觉得有趣,那就没有意义了。如果自己不觉得有趣,那就是错误的选择。首先应该解决的是自己会不会觉得自己的表达有趣。如果自己觉得有趣,那世界上就至少有一个人觉得有趣。也就是说,至少自己作为一个人类,觉得自己的东西有趣,那就已经出现了一位非常确切而真实的"观众"。

就算被其他家伙说成"自嗨""自恋",也要平心静气、满不在乎地只追求自己觉得有趣的东西。这就是"邪道"的生存方法。虽然我总说是"邪道",但人生下来就是一个人,是为了去开拓属于自己的道路而生下来的。本来,走上无人踏足的道路就是我们的宿命。我甚至觉得如果为了用和他人一样的思考方式去生存,那还不如不要生下来。哪怕自己觉得有一点点无聊的事,也一概不要做。被别人称为"邪道",我根本不在乎。

自己是不是觉得有趣,其实在小孩阶段一下就能判断出,很单纯就能知道。所以小孩画的画有毕加索那种天才式的自由,进入少年时期就开始站在世俗这条马路前东张西望,不是绿灯就不通过,逐渐变成了习惯用虽然很无聊,却也还不错的画作赚取表扬的乖孩子。自己是不是真正觉得有趣已经成为次要标准了。

我从很早以前开始,在众人通过的信号发出时就偏不通过。不论其他人说什么,只有自己认同、自己觉得有趣的事才做。他人的评价不读也不听。从小看电影我就不读别人的评论,现在也是,自己觉得有趣的电影哪怕被别人嘲笑也会一直给予好评。关于我自己电影的评论,也根本无所谓。因为我知道自己很有趣,这就够了。这是最可靠最稳定能发现"有趣事物"的方法。从书中读来,从老师那里学来的"有趣"总归是既成概念,越学越接近想法普通的家伙。

　　这个道理不限于电影，对于开餐厅的厨师也一样，对所有创造商品的人都一样。虽然店铺布置也很重要，但只要有信心做出自己真正满意的美味，多么寒酸的店也会有客人聚集。希望你们在考虑包装和外观之前，先仔细评估核心内容是不是真的有趣。如果不这样，对真正有趣、美味的东西就会逐渐麻痹以至最终辨认不出。这样一来，就连生存的意义也消失了。因为你已经连做自己这件事都放弃了。

自己就是自己的关系人

我对看电影的人也有建议。希望你们不要轻易相信媒体和名人煽动出的"有趣"。不要无视"不好吃"的真实感觉,不要被华丽店面欺骗,因不安而附和"好吃"。快从迎合他人提出的有趣、美味的奇怪状况中抽身吧。这简直跟"因为大家都在看",所以就一直老老实实地看完片尾字幕的观众一样。看电影必须看完片尾字幕,这在全世界都是奇怪的习惯。

左顾右盼,等着和所有人一起在绿灯时通过,这样的人生根本就是浪费。环视周围,担心自己溢出人群的人生,要我说就是"交通道路"。交通道路上排满了交通标识,还有导航——是按交通规则发出的信号度过的人生。很多人都活在交通道路一般的人生中。这种人生里有什么趣味啊。除了走出自己的野兽之道，人生没有其他趣味了不是吗？

我的电影之所以会遭受批判，大概就是因为完全没有遵循日本电影的源流，简单来说就是很任性。但我并不是为了反抗才选择任性，我没有这种刻意的反抗意识。直到拍摄结束我苦恼的东西都是"那样做好不好"，至于上映后大卖不大卖我一次都没有考虑过。就像是持续做了30年超辣咖喱，结果突然火了。其间，内心有过几次动摇，但从来没有放弃。只不过是在周围的咖喱店越来越趋同时，相对地显出特别了。

总之，不要怀疑自己。不要停止自认有趣的事。连自己都不相信的自己，太悲哀了。《自杀俱乐部》中有一句神秘的信息："你，就是你自己的关系人吗？"确实是这样。没有比自己更能理解自己的人。否则，自己就和自己没什么关系了。

要问我一直以来是在用怎样的心情拍电影，极端一点来说就是拥有"不论看到什么都觉得无趣"的精神。世人可能会将这称为"逆反"。没必要介意。这既不是逆反，也不是反抗，只是一种自然本能。就像喜欢一样，只去追求自己觉得有趣的事情就好了。不知不觉间，人们或许会为此冠上"邪道"的称呼，这时，你只要继续做最能理解自己的那个人,那个伙伴就好。绝不能舍弃自己。做一个"邪道"之人——为此,年轻人,去发现自己的敌人吧。如果能与这些人成为对手,那我来当敌人也无所谓。

后 记

我在今年夏天，以非常快的速度完成了本书。我进行了大量口述，录音，然后再誊抄修正。写这篇文章的此刻，我正在拍摄新作《地狱为何如此恶劣》(地獄でなぜ悪い，已于2013年上映)。正如字面意思，正在实实在在的电影拍摄地的布景中写作。

——碰巧就在刚才，因为摄影机故障，拍摄暂时中断了。演员和工作人员都在待命。拍摄重启要等到两个小时后。正是好时候。此刻我之所以提笔写这篇文章，是因为现在不写我就没什么时间再处理这本书了。

回想过去，我也反复活在这样的刹那中，且一直利用着它。所以这本书本身，我也想在这个夏天以非常短暂的刹那来完成。

这本书中我的语言是这个夏天里极为珍贵的瞬间释放的语言。没错，现在握着的这支圆珠笔也不知能用到什么时候。如果油墨用完，就写不了了。就像黑暗中最后一支蜡烛的光亮。我正以手握快要熄灭的手电筒的心情，写着这篇文章。

目前为止，我拍摄了大量8毫米独立电影，几部16毫米电影，以及13部商业电影。这些全是刹那的结晶，对我来说已经是过去时，其中有很多连第二遍都不想看。面向未来创作的兴趣时常驱动着我。这里的"作品"或许不限于电影，也可能放弃电影去做艺术，或者放弃创作即成的作品，而去追求人生本质的意义。

总之，在我创作的中心有着"刹那"这种思考方式。与其说这是赌徒们孤注一掷的想法，不如说是认真活在刹那中的心情。也就是让刹那变得充实，不让其浪费的想法。是哪怕对摄影暂停的这两个小时，也要精彩利用的想法。这就是刹那的活法。

珍视刹那还有一层意思，就是不后悔地去活。2011年3月11日发生那件事的时候，刚写好《庸才》剧本的我有两个选择：一是无视3月11日，遵循日本电影的惯常；二是用自己的刹那生存法突破日本电影长期以来的固有规则,将这部电影更新为3月11日后的东西。

如果选择前者,无视那件事,像什么都没发生一样继续制作,当然比较简单,也是可能的,但我肯定会后悔。无视那件事拍出的电影,我无法原谅。就算是拍出了精彩的电影,我也会觉得糟糕。若是以活在刹那的生存姿态,总是生动地回应着瞬时的变化,绝对不会拍出"普通的日本电影"。

应该铭刻下来,何时,制作了这部电影。应该铭刻下来,自己曾活在那个瞬间,拍出了那部电影。我为了不让那个瞬间后悔,为了更加人性而选择将《庸才》拍成了现在的样子。为了人性——对,活在刹那就是怀着想要更人性的愿望,因为太过人性而偏离到"邪道"般的人生中。

演员和工作人员已经暂时回酒店了,从刚才开始这片取景地就只有我一个人。在这个废墟的布景中,我独自一人写下这篇文章——今后我也想活在这样令人激动的瞬间里。

附 录

园子温电影年表

（主要作品。标记年份为公映年。奖项仅为代表性奖项。截至 2012 年。）

1985	《园子温就是我!!》（俺は園子温だ!!）PFF入选
1986	《男人的花道》（男の花道）PFF大奖
1990	《自行车叹息》（自転車吐息）PFF奖金作品 第41届柏林国际电影节论坛单元正式展映
1993	《房间》（部屋） 圣丹斯电影节 in Tokyo 评委会特别奖
1997	《我是桂子……》（桂子ですけど）
1998	《男痕》（男痕 –THE MAN–）

1999	《0cm^4》
	《现生现身》(うつしみ)
2002	《自杀俱乐部》(自殺サークル)
2005	《向着梦中》(夢の中へ)
	《神秘马戏团》(奇妙なサーカス)
	第56届柏林国际电影节论坛单元柏林新闻读者审查奖
2006	《纪子的餐桌》(紀子の食卓)第40届卡罗维发利国际电影节特别奖、FICC奖、国际评论家联盟奖
	第10届富川国际奇幻电影节观众奖、最佳女主角
	《危险因素》(ハザード)
	《气球俱乐部,自那之后》(気球クラブ、その後)
2007	《长发》(エクステ)
2008	《爱的曝光》(愛のむきだし)
	第59届柏林国际电影节论坛单元费比西奖(国际影评人联盟奖)、新电影论坛最佳影片
	第11届巴塞罗那亚洲电影节观众奖

	第13届幻想国际电影节评委特别奖、最佳女主角、观众奖
	第9届东京TOKYO FILMeX观众奖
2009	《让我告诉你》(ちゃんと伝える)
2010	《冰冷热带鱼》(冷たい熱帯魚)
	第67届威尼斯电影节地平线单元正式展映
	第43届锡切斯电影节聚焦亚洲单元最佳影片
	第6届幻想电影节2010幻想长篇单元最佳剧本
2011	《恋之罪》(恋の罪)
	第64届戛纳国际电影节导演周正式展映
2012	《庸才》(ヒミズ)
	第68届威尼斯电影节马塞洛·马斯楚安尼奖（新锐演员奖）
	《希望之国》(希望の国)
	第37届多伦多国际电影节亚洲电影促进联盟奖、最优秀亚洲电影奖

图书在版编目（CIP）数据

用电影燃尽欲望 /（日）园子温著；余梦娇译. -- 北京：北京联合出版公司，2020.8
ISBN 978-7-5596-4257-8

Ⅰ.①用… Ⅱ.①园… ②余… Ⅲ.①随笔—作品集—日本—现代 Ⅳ.① I313.65

中国版本图书馆 CIP 数据核字（2020）第 084281 号

用电影燃尽欲望

作　　者：[日] 园子温
译　　者：余梦娇
出 品 人：赵红仕
责任编辑：徐　樟
策 划 人：方雨辰
特约编辑：陈希颖　蔡加荣
装帧设计：山川制本workshop

北京联合出版公司出版
（北京市西城区德外大街83号楼9层　100088）
北京联合天畅文化传播公司发行
山东临沂新华印刷物流集团有限责任公司印刷　新华书店经销
字数101千字　889毫米×1194毫米　1/32　6印张
2020年8月第1版　2020年8月第1次印刷
ISBN 978-7-5596-4257-8
定价：55.00元

版权所有，侵权必究
未经许可，不得以任何方式复制或抄袭本书部分或全部内容
本书若有质量问题，请与本公司图书销售中心联系调换。电话：64258472-800

非道に生きる（HIDO NI IKIRU）
by 園子温（Sion SONO）
© Sion SONO 2012
Originally published in Japan in 2012 by Asahi Press Co., Ltd.
Chinese (Simplified Character only) translation rights arranged with
Asahi Press Co., Ltd. through TOHAN CORPORATION, TOKYO.
All rights reserved.